「狐說」與「八道」笑談人與人之間的緣分。

6	3	1
7	4	
8	5	2

1 每段故事都有因果，每個相遇都是緣分。
2 狐狸千面轉世的多變造型原稿。
3 投影與真人的互動呈現，不教胡馬渡陰山！
4 天下媽媽都一樣，保護兒女不退讓！
5 演員的精湛演技，讓充滿東方味的故事更有張力！
6 修煉成人的胡大娘，被大夥兒指出能為人治病。
7 人與人再怎麼競爭，還是胡里胡塗夢一場！
8 百年修得同船渡，有緣千里來相會。

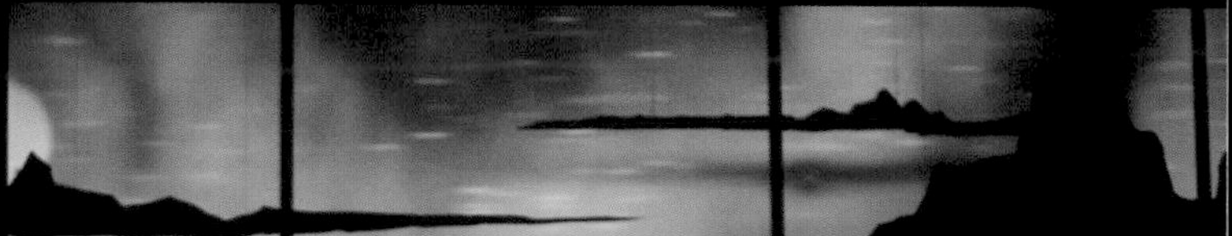

1 狐狸老爹修練千年，渡船來到人間。
2 紙上的老胡，在造型老師的巧手下化為真實。
3 小小船兒帶我去何方？用愛指引方向，心有了希望！

1	2 3 4

1 虛幻投影與真實演員，為觀眾創造趣味互補的視覺享受。
2 穿越時空和你相逢，但願長相廝守，永不放手。
3 轉角遇見，對望一眼，就像等候一百年。
4 人們相逢自是有緣，化為萬物生靈也是另一種緣分。

1 剛強的舞蹈動作，輝映著傲骨嶙峋的氣節！
2 李十郎用畫筆讓龍將軍的英姿流傳千古。
3 東方的故事，也融入皮影的手藝。
4 觀眾看到的美麗投影，是多媒體設計先進行棚拍、後製的效果。

《狐說八道》的舞台上，充滿東方味的水墨畫寫意場景。

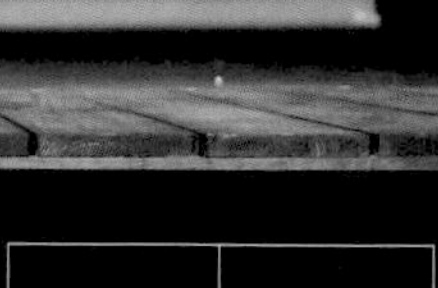

1 舞台上，蜘蛛、蜈蚣、蜥蜴的精巧製作，活靈活現。

2 勇敢的九斤兒，不顧一切追尋自己想要的人生。

3 穿越千年的狐狸，這回又流轉到了〈焚圖記〉的故事裡！

3 4	1 2

1 司馬中原老師與【如果】團長趙自強先生在彩排場記者會上。
2 設計會議上，老師們一一確認每項製作細節。
3〈月桂和九斤兒〉的故事裡，鬥陣比鼓藝的盛大場面。
4 咚個哩個咚哩個咚，頂天立地快樂活！

辛苦的演員們和司馬老師、趙自強先生的合影。

東方夜譚之
狐說人道
司馬中原
著

contents

目錄

自序

為孩子們說故事

司馬中原

我——司馬中原，寫了一輩子的書，教了半輩子的學，只因從不趕時髦，在文壇上也只是一個「靠邊站」的獨行人物。

風雲時代出版社，是一個不同凡響的出版機構；它在「平面出版物」漸趨沒落的時辰，大量出版了許多包括「海峽兩岸」的專書與套書，它的目光，完全不在於「順乎時尚」、「領導流行」，而是在「歷史價值」的觀念上，展現出它「非凡」的抱負。

像早就「過時」的「司馬老爺爺」來說，我的作品，分明是一堆「老古董」，它偏偏作為一個「發揚古董文化」的角色，它的精神，確使我「感謝莫名」。

古人云：「老小，老小」，我越到了老年，愈像個不服老的「頑童」，想留下一些故事，講給孩子們聽。老古人的看法沒錯：孩子們是國家未來的「主人翁」，我們用何等的「精神食糧」去餵養他們，才是社會重要的課題。

帶領孩子們接觸大自然，給予「機會教育」係爲一端；豐富各類童話創作，使孩子們蒙受「教化」於無形，亦爲一端，但透過美術、音樂、戲劇，陶冶其身心，從各類「活化」性的藝術中，立體展現「渡人」的宗旨，才算是最高妙的方法。

縱觀現代社會，父母各自奔忙，許多孩子們陷於茫然孤獨之中，境遇堪憐，少數童書出版機構，在作品的質量上，仍有擴展的空間，而兒童戲劇，更處於極大的困境。

以趙自強先生所創立的「如果兒童戲劇團」而言，在經濟上恆爲「入不敷出」，許多工作人員都以「義工」的精神投入，一部戲說要排演三個月，熬夜吃飯盒亦無怨言，這就實在使我感動莫名了。

此次他們演出本人的作品——東方夜譚之二，我特商請「風雲時代」出版公司，抽印了一冊專書，勉盡協助之力，讓我們爲下一代美好的明天，共同祝福罷。

導演序

從緣分開始的故事

趙自強

我認識司馬爺爺感覺已經好久了，因爲小時候，外婆念司馬爺爺的故事給我聽，那些武林高手、大漠英雄，從外婆的口中變成一部部立體電影。可是，外婆有時念到一半，就睡著了，我用力搖醒她，焦急的問：「後來呢？」長大後，我不免懷疑，這些到底是司馬爺爺寫的故事？還是外婆自己編的？開始創作《狐說八道》，我才驚覺，這其中包含了長輩對我的愛……

幾年前，有機會遇見司馬爺爺本人，怪了？這幾十年過去，他怎麼看起來還是一樣！「司馬爺爺會不會就是狐仙變成的？」就這麼想像著，我與【如果兒童劇團】的編導團隊，在二〇一二年下半年，開始重讀了司馬爺爺寫的故事，爲凝聚二〇一三年《東方夜譚II——狐說八道》的創作靈感。

我們發現了一個很深的感動——在司馬爺爺故事中的角色，都是頂天立地、有血有肉的人，他們不像西方電影中打不死的英雄，也不是武俠小說中飛天遁地的俠客；司馬爺爺的故事主角，再勇猛也會餓肚子，再堅強也得面對生命中選擇的煎熬。隨著年歲漸長，我更清楚「飛天遁地」、「刀槍不入」只是想像，當我面臨跟司馬爺爺故事中角色一樣的人生困境時，他們的堅持，鼓舞了現實生活中我面對挫折的勇氣——這就是司馬爺爺故事的神奇密碼。

爲了這齣在國家戲劇院首演的《狐說八道》，我們揉合了多篇司馬爺爺的精彩故事——〈狐的傳說〉、〈野狼嗥月〉、〈打鬼救夫〉、〈月桂和九斤兒〉、〈焚圖記〉、〈山〉、〈血彈子〉，人物互相穿插，從一個轉到一個，象徵了非常傳統的東方涵義：緣分、因果，更含藏了我所解讀司馬爺爺故事中的精神：人，之所以爲人，是兩大力量在支撐。一是「想像力」，讓人超越現在的苦難，心中永遠有希望；另一是「同情心」，不但愛自己的家人、朋友，甚至慈悲的對待世界上所有生命。這就是人非常重要的兩大能力——希望和慈悲！

感謝司馬爺爺總是很慷慨的將故事提供我們這些晚輩發揮，感謝「風雲時代」出版社與我們合作，呈現故事原著，讓親子們能更深入欣賞司馬中原老師作品之美，同時也圓滿了我與司馬爺爺的緣分。看著這本書，我又回到童年夏夜，外婆手上搖著扇子，輕輕的說著那些故事，彷彿我從來沒有離開過那最美好的時光。

狐的傳說

雇船的老頭

南六塘朝東流過去，這一條荒涼野趣的河，兩岸叢生著灌木和野蘆葦，夏秋水漲季節，大型的帆船可以通航到東海岸的海口去，所以，每逢這種季節，各埠的碼頭上，都停泊了不少的船隻。

抗戰初期，日軍佔領了北徐州，更沿著公路分兵南下，蘇北各縣，都陷在緊張混亂之中。縣城裡的民眾，尤其是婦孺老弱，爲了躲避兵燹，紛紛的雇車輛，雇牲口，或是雇船隻，投奔鄉下的親朋戚友，俗說叫做「跑反」或是「躲反」。在一些靠河的城鎮上，大夥兒合雇一條船下鄉，最是方便快捷，因而平常的一些貨船，都忙著載人逃難了。

以當時而論，船隻載人的船資，是按人頭計算的，依里程遠近，各收大洋三角五角不等，合計起來，要比運貨的利潤高得多。而且，人是有腿的活物，自己會上下船，省去裝貨卸貨的麻煩，會打算盤的船家，沒有誰不願做這種既利人又利己的生意的。

沭陽城的王二呆，有條不大不小半新不舊的單桅船，原是跑南六塘這條線，裝運米糧雜貨和當地土產的，戰亂來前，人多貨少，他便也載運難民了。

這天夜晚，他剛剛運了一船難民到新安鎮回來，把船隻靠泊在野蘆稀疏的河岸邊，叫他兒子上岸，到城郊的野舖去沽了一壺高粱酒，買了兩包鹽水花生和滷菜，獨坐在水便風涼的船頭上，對著欲圓沒圓，裹著水霧的初昇月，消停的喝著，舒一舒一路逆水行船的勞頓。

王二呆並不算呆，只是爲人本分木訥，老實寬和，人便把他硬看成了呆子。旁人的船忙載難民，多半是爲了撈上一大筆，王二呆可不這樣想，他說：

「鬼子到一處，燒殺一處，眼看縣城就要遭劫了，誰沒有妻子兒女？與人方便最要緊，有錢的，不妨多給我幾文酒錢，沒錢的，多少隨意；我決不強取硬索，要讓他們頂著太陽趕早，這樣大熱天，不是會中暑丟命嗎？」

正因爲他不計較船資，他的船總被人搶著雇。一連好些天下來，沭陽城的居民，十有八九都逃離了，只有極少數貪戀家宅錢財的還留著。其餘的船隻眼看沒有什麼生意可做，也都駛離了南關碼頭，而王二呆還是駕船回到危城來，等待著最後一批撤離的客人們，這也合上了他與人方便的心意。

裹著水霧的月亮，暗黃色，也濕濕的，一野的月光，彷彿都能擰得出水來。王二呆喝著酒，望著月亮，心裡湧起無限的感慨來。

論起喝夜酒遣性，也不是一天了，王二呆固然有些貪杯，但並不是暴飲的酒徒。他生長在沭河上，這裡是他根生土長的老家鄉，他在黃昏和夜晚小飲幾盅酒，一顆心越飲越寬和，通身也都有一種酣然的舒暢；如今，風聲鶴唳的消息，把這座城變成黑燈黑火的死城，日後鬼子一來，又焚又掠，這兒又不知會變成什麼樣子了？他這麼悲沉沉的想著，一刹間，忽覺飲的不再是烈酒，而是他自己辛辣的眼淚。

他打了個呵欠，自己勸慰自己：不要再想了，還是早些睡吧！明兒一早，也許仍會有人來搭船呢。

正在這時候，忽聽岸上有人粗聲啞氣的打著招呼說：「哎，船上有人在嗎？」

「誰？」

「是我，我是來雇船的。」

「噢，請由跳板上船吧。」王二呆說。

來人踩著跳板，格登格登的上船來了。王二呆在月色裡抬起頭，來人是個又矮又瘦的老頭兒，身高不滿四尺，穿著一身青大布的衫褲，手裡捏著一根小煙袋，一撮帶彎的山羊鬍子，比月光還白，被夜風吹得直動。

「我姓胡，」那老頭兒說：「我想包雇你的船，帶兒孫輩逃難到南新安鎮去，單程的船資怎麼算法？」

「旁的船都會跟您討價錢，我王二呆的船不計較這個，兵荒馬亂的年成，誰沒有難處？」王二呆坦直的說：「多少賞我跟幾個船夥幾文酒飯錢，我送您一趟就是了。您打算要我什麼時候準備開船呢？」

「最好是今夜就開船，八十里地的水程，順風順水，明天五更左右能到得了吧？」

「當然到得了！」王二呆說：「順風的船，再加上順溜，一張起篷來，快過奔馬。只是您的人得要早些上船才行。」

「好，我立即回去召喚他們，起更前準到這兒來上船。」胡老頭兒說：「這是一點兒定金，你先收下，餘下的船資，開船時付齊，咱們就算一言爲定了。」

「既然一言為定，您何必再付定金呢？」王二呆說：「我答應了，決不會把船另租給旁人的。」

「不必這樣客氣，咱們還是從俗的好。」胡老頭兒執意要付定金，王二呆拗他不過，只好收下了。

那老頭兒剛一走，王二呆忽然覺得不對勁，自己手裡捏著沉甸甸的定金不是銅元和洋錢。他攤開手掌，迎著月光再一瞧，真的呆掉了，原來那老頭兒硬塞到自己手上的，是一隻七兩多重的金錠兒，……這還是前朝前代使用的，他做夢也沒想到過，走一趟船，能賺這許多錢。

他也許忙中有錯了？王二呆心裡想：我不能貪戀這份不該多得的錢財，等他回來時，把話說明白，把這個金錠兒退給他。

他正在怔忡的想著，忽然聽見胡老頭兒在岸上說：「對啦，就是這條船，我業已跟船主講妥，付了定錢，你們快點兒上船吧！」

話音兒剛落，王二呆就看見一大陣黑影，從稀疏的蘆葦叢裡飛竄出來，順著甲板跳進船艙，月光雖然暗淡了些，但還看得出上船的不是人，都是狐狸。由於年歲的不同，這些狐狸有白有黑，有深深淺淺的黃色，形體上的長短大小也不一樣，好像人有高矮胖瘦一般。

這些狐狸進艙，把王二呆的船伕嚇出來了，戰戰兢兢跑到船頭，扯住做船主的說：「不好啦，二叔，咱們今晚遇上狐兵啦！」

王二呆示意那兩個不要說話，那些狐狸仍然不斷的朝船上爬，艙底艙頂，甲板和船頭，擠得連走路都沒有插腳的地方，壓後，那個胡老頭兒才捏著煙袋上船。

「胡老爹，」王二呆迎上去說：「雇船的時刻，您並沒說明白，您是？」

「我是老狐！」胡老頭兒說：「王二哥，你既幫忙，就請幫到底吧！狐雖異族，但並沒爲惡，比起披上人皮的東洋鬼子要講理得多了。這趟船錢，我可沒虧待你啊！」他說著，又摸出一隻金錠兒，遞到王二呆的手上。

「這趟船，我是照放。」王二呆說：「但這樣多的錢，我實在不能收。連前搭後這兩隻金錠子，買條船都用不了，船資哪用得了這許多啊？」

「不必這樣想了，」胡老頭兒說：「船資按人頭計算，只怕你還少收了呢！再說，這些世上沒主的銀錢，我們留了也沒有用處，你不用再客氣了，解纜開船吧。」

北地多狐，人們也都信奉狐仙，王二呆耳聞眼見，也不是一回了。但像今夜這樣，成千成萬隻狐狸搭船向東遷移的光景，他還是頭一回見到過。說是驚疑駭懼嗎？等到這辰光，怕也沒有用了，只得硬著頭皮，抽跳板，解纜繩，招呼船夥計撐船離岸，張起帆索，調準了風向，順東放船了。

月光乳朦朦的，船在河上飛駛著，胡老頭兒坐在船尾的舵樓旁邊，跟掌舵的王二呆談著天。

王二呆很聞不慣眾多狐狸身上發出來的那種氣味，但也不好說出來，胡老頭兒倒是一本正經，顯得很認真的樣子。

「幸好是順風，船尾在上風頭，氣味不大，」他說，「你就帶諒些兒吧。」

王二呆臉紅了，他想不透對方怎麼會猜出他的心思？……也許他修煉多年，有了道行了。

「我帶著兒孫輩到這座城裡來，一住住了好多年了，」胡老頭兒說：「當初怎會想到鬼子會打過來，這裡的市街要遭火劫來著？……有道行的還不會怎麼樣，你可以看得出，這些小輩都還不會變化，非得我照顧他們不行，平時無所謂，亂時我就是能施法術，也照顧不了這許多。狐心和人心同理，我不忍他們枉死，非要逃難不可了。」

「我說，胡老爹，這話我原不該問的，人都傳言你們會法術，可惜我從沒眼見過，今夜既有這樣一個機會，能不能請您略施點兒法術，讓我們開開眼界呢？」王二呆說：「也許這種逃難的時辰，我說這話，您會怪罪我說話太不合時宜吧？」

胡老頭兒鬱鬱的笑笑，搖頭說：「人，沒有不好奇的，這也算是常情。我也不用施旁的法術了，助你一帆風，讓你的船早點到新安鎮碼頭，你多少還能補睡一覺如何？」

「好！」王二呆說：「這倒是一舉兩便的事情。」

王二呆心裡暗暗的想，一隻老狐，若能有呼風喚雨的能耐，那他至少有千年以上的道行，算是成仙得道的仙狐了，自己倒要看看，他究竟怎樣的呼風?!

那胡老頭兒仍在旁邊坐著沒動彈，只是抬起頭望著在浮雲裡穿梭的月亮，鼓起他瘦削的兩腮，朝風帆上面噓氣。

他噓的氣，尖尖細細的，簌簌有聲，說也奇怪，不但風帆鼓鼓的脹起，連帆頂上高空裡的浮雲，彷彿也被吹動了，不斷的翻滾湧騰著。不一刹功夫，月色更沉暗下去，四野全起了白茫茫的霧雰，船被風催得比箭還急，在河上朝東飛去。

王二呆無法透過霧雰，去看河兩岸朦朧的景物，只聽見一股怒潮似的風聲，呼呼的吹刮著。

前後不到頓飯光景，胡老頭兒停住口，不再噓氣了，轉瞬間，白霧退散，月色恢復原先那樣的明亮。王二呆再一瞧，我的天，這不是業已到了南新安鎮的碼頭了嗎？

「適才略施小法，王兄你算看見了，」胡老頭兒拱拱手說：「還得央託你，不必把今夜的事對旁人講出去，免得使人驚動不安。我帶著小輩避過這場兵燹劫難，也不會在這裡久居，也許要一路輾轉，遷到邊地大漠裡去，咱們這就告別了！」

船攏了岸，剛把跳板搭妥，一船的狐狸，就爭先跳踉著，煙似的竄上了岸，散沒在迷濛的月色裡了。

王二呆呆站在船頭上，眼見像老侏儒似的胡老頭走過跳板，轉瞬隱沒，他一時弄不清這是真的？還是酒醉時產生的幻境?!……

安頓

第二天，新安鎮上有人來賃屋，凡是宅子多，人口少的人家，都有外鄉口音的老頭兒來洽租空房子。鎮上的人也並不覺得有什麼奇怪，大家都曉得鬼子佔據了北徐州，早晚要開拔下來侵擾，運河線兩岸各縣的人，紛紛的東逃西躲，難民一多，租賃房屋的人，當然也就多了。

不過，賃屋的人都姓胡，又都是不滿四尺高的小老頭兒，有的穿黑大褂，有的穿白大褂，多少總引起人們的猜疑和議論。有人認爲他們是一個族裡的人，大概是闔族遷移，要不然，不會賃下這麼多的房子。

有人認爲胡家可能是來當地收土產的，賃下空屋不是住人，而是當著堆貨的棧房的。大家談論時，都肯定這族人是財主人家，因爲一說妥賃屋，立時就寫租約，畫了押，他們立時就付出全年的租錢，所付的，又全是白花花的銀洋。

新安鎮北街有個鄭毛腿，他是前朝鄭貢生的孫子，前些年出去幹過稅警團的

隊官，因爲緝私捕盜傷了腿，請長假回鄉，靠祖遺的產業維生。當大夥兒議論時，鄭毛腿在一邊聽得津津有味，忍不住插嘴說：

「真是，想賃房子，爲什麼單找旁人，不去找我來？我那棟老宅子，從前到後幾十間屋，都空在那兒養老鼠，掛蛛網，要是有賃屋的，給我一筆錢，我也好賺些酒資，……這些日子，把我窮得快當褲子了！」

不過，第二天夜晚，凡是賃屋子的人家，都覺出有些怪異發生了。在煙迷迷的月色裡，他們聽見啾啾的狐鳴，緊接著，便看見許多狐狸，在瓦櫳上，牆頭上，牆根的陰暗處……到處奔竄著，嚇得那些膽小的，連夜焚香燃燭的拜禱，盼望他們不要祟人。

有人跟鄭毛腿說：「哎喲，我的鄭二爺，你也許是沾著祖上的餘蔭，福大命大，那個胡老頭兒才沒有去賃你的房子，他不是人，是狐仙呀！」

「嗨，這有什麼好驚怪的?!」鄭毛腿笑說：「我是在外頭跑的人物，當過稅警，扛過洋槍的，什麼鬼呀狐呀，邪穢的東西見了我都矮了一截，那些拖尾巴的貨色，我見過的可多了！他要賃房，我照樣賃給他，只要他肯付錢就成，弄得巧了，我還能娶隻母狐做老婆呢！」

「二爺，您這不是開玩笑的！」對方凜懼的說：「那個胡老頭兒，既能變成人形，大白天在街上走動，想必是個大有道行的，叫他曉得了，您就脫不了麻煩啦！」

「嗨！真是笑話了！」鄭毛腿說：「我三十出頭了，還是孤家寡人一個，娶老婆犯什麼法？我說娶母狐，還是瞧得起他們的呢！」

旁人曉得鄭毛腿那種粗蠻的毛頭脾性，講下去越講越多沒有完，講死了，他也不會認輸的，便勒住話頭，不再說下去了。

鄭毛腿也沒把這事當做一回事，他到茶館去吃了一陣晚茶，天黑後，獨自回到老宅裡去，剛進門掌上燈，外頭就有人輕輕的叩門了。

「門沒關。」鄭毛腿躺在椅上打著芭蕉扇子說：「你自己推了進來吧。」

他以為是鄰居找他歇涼聊天來的。

呀——的一聲門響，來人進屋了。鄭毛腿抬頭一看，原來正是街坊傳說中到處找人賃屋的矮老頭兒，手捏著短煙袋，翹著一撮花白的山羊鬍子，人雖是人形，看在鄭毛腿的眼裡，總帶著半分脫不盡的狐味。

燈裡缺油還是怎麼的？火燄畏畏縮縮，只有綠瑩瑩的豆粒大那麼點兒，把對方那張皺紋密佈的臉也染綠了，看上去有些陰淒淒的味道。鄭毛腿白天當著人自誇氣豪膽大，其實也只當著是場玩笑，可沒料到天黑後，這個矮老頭兒果真找的來了。假如真如街坊所說，這老頭兒是個狐仙，那，今夜可就不好辦了。

鄭毛腿究竟是在外面闖過的人，脊背雖有些發毛，但還沒嚇破膽子，咬著牙，沉住氣，心想：我不開腔，倒看你是怎麼說法兒?!

既臨到這種時辰，船到江心馬到岩頭，只有抱定兵來將擋的主意，撐捱到底啦。誰知對方笑瞇瞇的，彷彿根本沒有那回事似的，望著鄭毛腿說：「您可是鄭二爺？」

「不敢。」鄭毛腿說：「我叫鄭長貴，旁人替我取那麼個諢號，二爺二爺叫著玩的，您這麼一大把年紀，這樣稱呼，快把我給折煞了。」

「說來真是冒昧，」對方說：「我姓胡，帶著族裡人初到貴鎮，聽說您這兒有多餘的空房子出賃，我是特意來拜望您，想賃您的房子的。」

「哦，我白天也聽人說過，說有些姓胡的老人到處賃房子，怎麼還不夠住的嗎？」

「房子倒賃得差不多了，」胡老頭兒說：「不過，還差一座倉庫，想賃你的屋子堆些雜物，租錢由您定，高一點也不妨，您覺得怎樣？」

鄭毛腿眨著眼一想：管他是狐不是狐，這年頭，房子空著也是空著，倒不如租給他堆貨，好歹賺它一大筆錢再說。主意打定了，便點頭說：「行啊！不過，我這兒空屋有幾十間，您全要賃嗎？那樣，租錢可不便宜呢！」

「全賃了，」老頭兒說：「租金該怎麼算呢？」

「我來算算看，一斗糧兩間屋，每月得要一石六斗糧，折合大洋七塊，一年期，總合是大洋八十四隻了！」鄭毛腿說：「我算的可是最低的價錢。」

「嗯，不貴。」胡老頭兒說：「一點兒也不算貴，我想麻煩備個紙筆，這就把租約寫妥，畫了押，付了錢，我的心就定了，……雜物堆在外頭，萬一變了天，淋了雨，損失可就大啦！」

「燈盞裡缺油了，我換點一支蠟燭好了！」鄭毛腿說：「紙筆這兒倒是有，不過，我僅略識幾個字，寫租約，還得請您動筆呢！」

「好，」胡老頭說：「老朽雖是薄學無才，一張租約，還勉強寫得。」

聽說當時就有錢可得，鄭毛腿變得勤快起來，一點兒也不害怕了。想想吧，八十四塊大洋是一筆可觀的數目，足夠自己經年花用的，那棟古老破舊的房子，平常哪有這樣的機會租賃出去呀?!

紙墨筆硯備妥了，胡老頭兒在八仙桌上寫起租約來。他的租約是三字經流水調，寫得簡單明瞭，他寫道：

「租屋人鄭長貴，承租者胡老三，租此宅，二十間，作倉庫，堆雜物，月租費，七圓整，年合計，八十四，立時交，租屋人，口無憑，立此約，各乙份，妥收存……」

胡老頭寫妥唸了一遍，鄭毛腿點頭說好，當時就畫押收銀，雙方都滿意的分開了。

鄭毛腿送走胡老頭兒之後，把八十四塊銀洋在燭光下仔細把玩著，這些銀洋都是前清鑄造的，成色好，份量足，敲起來嗡嗡有聲，絕不是假錢。鄭毛腿想過，像胡老頭兒這種狐，算得上是正經的狐狸，和傳說中惑人作祟的妖狐不同，自己能把宅子租給他，倒也是樂得的事情。今夜太晚了，趕明兒，自己得去買些滷菜，沽瓶好酒，消消停停的慶賀慶賀。

二天他到街上去，跟那些賃屋出去的街坊碰面，他問起那些賃屋的，做狐狸的房東，感覺如何?旁人都說：只在狐狸初搬家時，在月光下見過狐影子，後來就平靜了，沒發現任何不妥的異象。

「那個胡老頭兒，看上去又和氣，又正經，管他的兒孫輩管得很嚴。我猜想，」一個說：「照這樣的光景看來，咱們的房子租賃給他們，算是找對了呢！」

「不錯的。」鄭毛腿也很得意的說：「我那棟古舊的老宅子，昨晚也租給胡老頭兒做倉庫了。雖然母狐娶不成，卻落了八十四塊大洋，這不是打天上掉下來的一筆錢財嗎？」

「二爺，你得八十四塊錢？那可比我們得的都要多得多啊！」另一個說。

「那當然了！」鄭毛腿嘿嘿的笑著說：「我的房子，論間數，也比你們多得多嘛！」

當天黃昏時，鄭毛腿跑到賣燻燒肉的擔子上，買了些素雞、捆蹄，和一大包雜骨肉，沽了一壺老酒回去點上燭，有吃有喝的喝到起更，才倒下頭入睡。但他朦朦朧朧的剛一闔眼，屋子裡便響起怪異的聲音，他被那聲音給吵醒了，在黑裡留神細聽，叫他聽出一點眉目來了。

最先，他聽見遠遠的馬嘶聲，啾啾嚦嚦的一連好幾陣兒，接著是擂鼓般的馬蹄聲，隆得隆得的從人頭頂上一路響過去，響過去，也夾得有用鞭子刷馬的聲音，慢慢的，那聲音消失了。鄭毛腿酒意上湧，越發的覺得睏倦，他歪著嘴，打了個長長的、倦意的呵欠，翻了個身，打算入睡了，誰知快要睡熟的時辰，怪異的聲音又把他吵醒了，他很不耐煩，皺著眉頭再聽。

這一回，聲音又變了，沒有馬嘶，沒有蹄聲，而是毛竹扁擔和繩索磨擦的聲音，尖尖細細，吱唷，吱唷，又一個吱唷，其間還夾有挑擔伕叫號子的聲音，前頭的叫一聲：「哼呀。」

後頭的立時接一聲：「哼唷！」

前頭的翻了個花腔唱著：「哼呀哩箇嘿呀！」

後頭的也翻起花腔應和著：「哼唷那箇嘿唷！」

要是在平常，這種有節奏的呼吼聲，好像南六塘河岸上船伕唱起的縴歌一樣，悅耳動聽。但當鄭毛腿睏倦不堪，正要入睡時，聽來就覺得非常刺耳難受了。

「真它娘的，三更半夜裡，這樣的吵人，算是什麼玩意兒？真是活見鬼了！」他咒罵說。

他又翻了一個身；這回聲音又變了，吱吱軋軋的車軸聲輪流響，彷彿是很多輛雞公車結成的車隊，打頭頂的橫樑上推了過去，吵得他根本無法入睡了。

「這些拖尾巴的東西，惹厭透了，」他從牙縫裡迸出恨聲來：「這不是存心消遣老子?!」

他聽了又聽，黑裡的聲音不是來自旁的地方，就是在頭頂的橫樑上，一會兒是牲口，一會兒是挑擔子的，一會是車隊，夾雜著，輪覆著，另有扛包的叫聲，過秤的嚷叫，報碼子的聲音，撥算盤的聲音，簡直和碼頭的流水倉庫一樣的忙碌。

想睡睡不著，鄭毛腿固然恨得牙癢癢，但轉念一想，房子賃出去，租約上明明是寫著「作倉庫、堆雜物」的，他們趕夜堆貨裝貨，也不能算是太過，人說：三錢賃個屋，任意唱小曲，何況他們幹的是正事，只好咬牙忍著，過幾天，等他們安頓妥當了，也許就好啦！

但等二天夜晚，樑上的聲音比頭一夜更大，一直吵到五鼓雞啼，把鄭毛腿的眼窩都熬得發黑，深深的陷下去了。

他忍無可忍，等到天亮之後，找來一架梯子，爬到橫樑上去看視，只見樑面的積塵零落，留下許多狐狸爬行過的痕跡，他這一看，算是動了靈機，想出很絕的主意來了！……他去買了兩斤菜子油，從樑頭傾潑到樑尾，潑得淋淋漓漓，能滑倒蒼蠅。心裡想：這一來，不怕拖尾巴的貨再來擾人清夢了！

轉眼又到了夜晚了，鄭毛腿熄燈滅燭，坐在舖上等著，看看樑頂上會有什麼樣的變化？

天還沒起更呢，聲音又來了。起先是得得的馬蹄聲，和一片馬嘶聲，到了橫樑那裡，馬蹄踩著油，乒乒乓乓朝下掉，有個聲音在叫：「這是怎麼搞的？天又沒落雨，路面滑得像塗了油，馬匹都掉到下面去了！」

不但馬匹朝下掉，跟著來的挑伕和雞公車也朝下掉，活像朝湯鍋裡下餃子一樣，一時哼的哼，喊的喊，呦呦的狐狸哀叫聲四起，估量著，有不少跌斷了腿，拐著腳爪竄遁到外面去了！

這之後，一片寂然，再也不見動靜了。

鄭毛腿打了個呵欠，算是安然入夢，睡了一場好覺。早上醒來再一看，遍地狼藉不堪。原來狐狸所謂的馬匹，全是牠們用咒語拘來的老鼠，跌死了七八隻，

狐狸的擔子，是用狗尾草編結成的，而狐狸的雞公車，全是用扁豆和樹枝串出來的。除了這些，地面上還留有些小米、麥粒，和一片零星的血點兒，屋裡更瀰漫著一股殘存的狐騷味道。

這檔事幹完了，鄭毛腿忽然又覺得不對勁，——也許是玩笑開得太重了，自己當時只想讓狐狸不再吵鬧人，沒想在樑上澆油的結果，反使很多小狐受了傷，斷了腿。若果胡老頭兒知道了，一定會來興師問罪的，自己這一方理屈，該拿什麼話來搪塞呢？

想來想去，想不出妥當的辦法，最後才不得不打算三十六計，走為上計。好在租金拿到手了，不必再跟狐狸同住這座古舊的大房子裡。新安鎮有個柳樹莊，莊上有親戚，自己還是趁著白天，捲起行李，悄悄的到柳樹莊投親去吧，身上有錢，到哪兒都能常住的。

論理

鄭毛腿是個無牽無掛的光棍漢子，打起兩個包袱捲子，用柳木棍挑著，趁著白天，下鄉投親去了。

他到柳樹莊找著親戚，吃了晚飯，躺在麥場角柳樹蔭下的繩床上，搖著芭蕉扇兒歇涼。柳樹莊離鎮幾十里地，他以爲狐狸再靈，一時也不容易找到他。天氣很燠熱，鄉下人大都在外歇涼，不到三更過後不進屋，鄭毛腿躺著躺著，也就在繩床上睡著了。不知何時，在睡夢裡覺得有人輕輕拍著他的肩膀，並且叫著他說：

「哎，鄭二爺，咱們三伯公設了席，請你過去吃盅酒去呢！」

鄭毛腿睡得迷迷糊糊的，翻了個身，揉了揉眼，也沒弄清楚來人所說的三伯公究竟是誰，他總以爲不外是柳樹莊的老前輩，瞧得起他姓鄭的，才擺酒待客的，他平素嗜的是酒，一聽說有酒，哪還有不喝的道理？

「好！好！」他下床趿起鞋來說：「讓你們三伯父破費，真是不好意思，咱們這就走吧，我算是叨擾了！」

來人打著燈籠，繞著莊前的小徑走，鄭毛腿趿著鞋，踢踢沓沓的一路跟著；迷裡馬虎的，也不知走了多麼遠，一走走到河邊的蘆葦叢裡，那兒泊的有條船，來人擺手請他上船去，鄭毛腿走上跳板問說：

「你們三伯公住在河對岸？還得麻煩你們備了船來接我，這麼熱的夜晚，也真難爲你啦！」

「哪兒的話？鄭二爺。」來人說：「我們三伯公是您的房客，房客請房東吃酒，天經地義，您就是走得再遠，我們按照吩咐，也要把您給請回鎮上去的。」

鄭毛腿一聽，心裡涼了半截，瞌睡蟲全跑光了。老天爺！他心裡暗自叫苦：誰知道來人所說的三伯公，就是那個向他賃屋的矮老頭兒胡老三呢?!早知道是他，自己賴在地上學懶驢打滾都行，絕不會迷迷糊糊跟他來了。

他原想冷不防的竄下船逃走的，再一看，左右都站的青衣漢子，手裡執著很熟悉的兵器，有的是青龍偃月刀，有的是三股鋼叉，有的是三尖兩刃刀，……恍惚是鎮上關帝廟、城隍廟和二郎廟裡的神兵，對方防範森嚴，他便乖乖的入艙，不敢再動彈了。

有道是：光棍不見眼前虧，鄭毛腿懂得這一點。

天過三更，鄭毛腿又被押回到老宅子裡來了。

宅子裡燈火輝煌，中間擺著一桌酒席，胡老頭兒之外，還有七八個穿著黑大褂和白大褂的老者，都站在廳前迎接他。鄭毛腿偷眼看看，這些人的臉色，都還很平靜，並沒有咬牙切齒的樣子，一顆心，也就跟著略略放寬了一些了。

他剛進屋，胡老頭兒就一把拉住他的手說：

「哎喲，鄭二爺，沒想到你會突然跑下鄉去，起更擺酒等著你，把菜都給等涼啦，旁的話，暫時都不必說，先入席，讓你把罰酒喝掉再講！」

鄭毛腿沒辦法，變成一隻被人強捺住脖子飲水的牛。不過，一桌子的好酒好菜引動了他，他心想，不管對方會把自己怎麼樣，先吃飽了喝足了再講，哪怕就揮刀砍頭呢，做個飽死鬼，總比做個餓死鬼好得多。

酒過三巡，胡老頭兒還只是談旁的，沒談到他那夜潑油橫樑上，使眾多小狐跌傷的事。

鄭毛腿心虛，實在憋不住了，先開口說：

「我這人，肚裡有話憋不住，非講出來不可。你們租賃了我的房子，儘管租約上寫的是『作倉庫，堆雜物』的，可沒寫的有『通宵吵鬧』，你們要搬東西進倉，白天時間多得很，爲什麼單揀夜晚，鬧得人闔不了眼呢?!人說：一人做事一人當。油是我潑的，當時我只想不讓他們打橫樑上經過，可沒想到使他們跌得人仰馬翻，拖胳膊斷腿，這可是實在話。」

「你要不開口，我真還不好意思提起呢！」胡老頭兒說：「鄭二爺，你是明白事理的人，這話你若早跟我講，我也早就叱罵那些無知的小輩，要他們收斂些，不會吵你了。如今你潑了油，傷了我的兒孫，還要在酒桌上發怨氣，振振有詞的說理，也未免太過了吧？」

「我並沒要來說理，」鄭毛腿說，「全是您差了手下，強把我押回來的。人怕狐，業已捲起行李避著你們了，還不成嗎？一定要把我押回來擺佈，我當然要把道理講個明白了。」

「嘿嘿，你真會說理，」胡老頭兒說：「你曉得，我們爲什麼黑夜裝運貨物進倉嗎?……如今是亂世，白天有空襲，路上走不通呀！你明明曉得潑了油會有什麼結果，偏偏不教而誅，照理說，這筆療傷的藥費，你總該賠償的吧？」

「我不賠！」鄭毛腿說：「傷有傷單，你們得拿傷單來我瞧瞧。」

「好啦！」胡老頭朝另一個穿黑褂子的老頭說：「你把傷單和藥費單子，給鄭二爺親自過目，他也該沒有什麼話好講了！」

傷單和藥費單子一大疊，都是當地醫生開列出來的，總合的數目是大洋八十三塊一角，——這筆錢，不多不少，正是鄭毛腿得到的全年房租錢，扣掉九毛錢的滷菜和酒錢。鄭毛腿一向鬧窮，好不容易弄到這一筆外快，要他傾囊賠出去，像挖心割肉似的，不由他不猶豫起來了。

「鄭二爺，這筆錢，照道理，全該由你賠的，」胡老頭說：「你若不肯賠，害得我們毛下臉來，可是很不好看啦！」

「那你們就毛下臉好了！」鄭毛腿說：「你們治幾個小狐的腿傷，竟會花這樣多的錢？這明明是對我施敲詐，我是寧死也不吃這一杯的！」

胡老頭一聽這話，滿臉怒容，對席上另幾個老者說：「敬酒他不吃，顯然他願意吃罰酒了，咱們就毛下臉來讓他瞧也好！」

說完話，他夥著另幾個老者，把臉一抹，說也怪的慌，鄭毛腿就覺得眼前的那些人臉，慢慢的起了變化，一個個的臉上，都長起白毛和黑毛來，一轉眼間，都變成了狐頭人身的怪物，瞪著迸綠燄的眼睛，直朝他望著，彷彿要把他活啖掉一樣。

他嚇得心膽俱裂，想跑，但兩腿不聽話，完全軟掉了，人陷在椅子上站不起身來。當然，他還是把錢給如數賠上了。

二天他醒來時，發現只有他一個人坐在一張破椅上，昨夜的情境，彷彿是一場亂夢，但一疊傷單和藥單仍抓在自己的手裡，而纏在腰裡的八十幾塊大洋，都不翼而飛了。他出去跟旁人講起這事，旁人都不肯相信，因爲住著狐的人家，跟早先一樣的安靜，毫無異象發生過。只有一個老年人嘆說：

「鄭長貴這個騷狂性子，憑空對狐狸施捉狹，就是吃了虧，也是他自找的！」

除了鄭毛腿鬧出的這點事故之外，遷到新安鎮的狐狸，跟當地的居民倒是相安無事。

這事過不久，有人看見狐狸在月夜裡操練的。使用的兵器，不是從廟裡取來的，便是從附近各族的宗祠裡攝來的。有人在白天去察看過廟裡的兵器，關帝用的青龍偃月刀上，鬼王用的三股鋼叉上，二郎神用的三尖兩刃刀上，全都黏著泥，帶著土，好像有人借去在泥地上耍過。

「奇怪了，這些狐狸操兵幹什麼呢？」有人懷疑的說：「難道他們也會去打鬼子嗎？」

「怎麼不會？」另一個說：「鬼子一路姦淫燒殺，天怒人怨，狐是中國狐，鬼子打過來，害得他們到處播遷不定，跟人一樣的受災受難，他們若真講道理，幫人一臂之力，也是應該的。」

不久之後，一支日軍自沭陽東向，攻打新安鎭，走到半路上，全像中了暑似的，眼珠凸出，抱著腦袋打滾呼痛，最後全都上擔架朝回抬，有人以爲即使天氣炎熱，中暑也不會全部中暑，那極可能是狐兵幹的。

不過，這並沒有誰親眼看見，只是屬於靈異世界裡可信可疑的傳聞罷了。至少，這傳說作成了一種象徵，鬼子的凌虐舉措，不單是人所不滿，捨死抗爭，連動物如狐者，也恨不能把他們除滅的。

野狼嗥月

傳說邊荒塞外，有很多地方鬧狼鬧得很兇；像東北的深山和雪野，熱河的森林和縱谷，綏遠和寧夏的砂礫地帶，新疆的草原和石稜稜的山區，甚至蒙邊的沙漠，都是狼群橫行的地方。

但在洪澤湖東岸荒涼的野原上，狼群也是極爲活躍的，牠們對於人的威脅，似較塞外尤甚，那並非指狼群的數目多，而是因爲那片野原，散佈著眾多的村落。人和狼接觸的機會頻繁，狼群爲了獵食，經常侵入村落，吞食牲畜，噬咬村民。經過若干世代，人們確認到狼的存在，對他們構成嚴重的威脅，他們便用防狼的經驗，傳授給下一代的人。有時候，藉著若干恐怖的，關乎狼的傳說，以及過去發生的狼的故事，即使是一個孩童，也很快便會對於狼有了深刻的認識了。

那兒的村民，十有八九都在白天看見過狼的，那些野狼的形狀，和家犬差不許多；頭大喙長，頸間有一圈常會豎立的梗毛，四腿細長，蓬鬆的尾巴，像掃帚似的拖曳在地面上。牠們在白天出現時，多半徘徊在距村落較遠的土崗上，不聲不響的望著什麼，一刹之後，就匿進草叢，村裡的人把這種狼叫做哨狼，意指牠是狼群裡差出來巡風放哨的。

西王莊有個喜歡喝酒的王老木匠，頸子上有一塊斜繞的紫色長疤，據說就是被哨狼咬的。通常，哨狼在白天出現，極少有噬人的情形，除非逼不得已。王老木匠常在酒後重複的提起他當年被狼咬的經過說：

「那年我才十七歲，初學木匠手藝剛滿師，一天半下午，我去東王莊替人打壽材，經過荒地當中的土墩子，那天天色陰沉沉的，風勢勁急，吹得一片草響，一絡絡的沙煙霧騰著。

師傅早就跟我講過，在荒蕩子裡趕路，得要防著狼群，所以，那趟出門，我除了揹著工具袋子，腰裡還插著一把彎把兒的短銃，必要的辰光，好用來打發那些野畜牲。夜晚不敢說，至少，在天色落黑之前，有了那柄短銃，添了我不少的膽氣。

土墩子一邊，是一片綿延的雜樹林子，北面靠著野路，南面是一道深溝，長滿紅草，據說沿溝的沙壁上，都是狼窟，有人管那兒叫做野狼窩。老實說，我那時是年輕氣盛，對於狼，只知道一點皮毛，根本不知駭懼。我在雜樹林邊坐下來歇歇腳，一抬頭就瞧見那玩意兒了，那是一隻很壯的雄狼，也不知是何時盯上了我的？牠站在我側面的土崗頂上，離我不過幾十丈遠，風把紅草吹得波搖著，牠身上近於草色的棕毛，也隨風飄漾著，那雙綠眼，正在瞪視著我。

我心想：這隻野狼在打什麼鬼主意？如今是大白天，我身上又帶著短銃，甭說牠只是單行獨溜，就是成群結隊的來，一時也奈何不得我。不過，我也知道，在狼窩附近逗留下去，也不是個辦法，啃狼具有呼朋引類的本領，牠只要用前爪刨地，把下巴放在地面上發聲長嗥，這附近所有的狼群，都會聞聲聚合，那總是麻煩事兒！

仔細盤算著，翻過幾道土墩子，離東王莊還有一大截路要趕，我若是立即動身，腳底下加快點兒，能在天黑之前趕進莊子，野狼就沒辦法怎樣我了。……這樣一轉念，我便裝作若無其事的樣子，拍拍屁股站起身來，消停的揹起工具袋子，認著野路走了過去，一面走著，一面偷眼察看牠的動靜。

狼這玩意兒，跟狗一樣的聰明，牠也許看準了一路上沒有旁人過路，只有我這麼一個人，比較容易對付，我在窪地的路上走，牠就依依不捨的一路跟下來啦！

我不能不計算計算，如果牠在半路上就動我的手，我該怎樣對付牠？我的工具袋子裡，有三柄鐵鑿，一把鋼鋸，一隻鐵錘，一柄手斧，兩把刨子和一支扳手，我得先利用這些東西對付牠，非等必要時，不輕易開銃轟打；一來銃聲會驚動狼群，二來開銃後，裝火藥頗費時間。一般獵狼人的經驗，說狼在撲噬人畜時，非常快速，銃口的煙霧沒散，牠就撲上來了，這種撲法，俗稱：頂煙上，是狼的絕招兒，所以開銃擊狼，非得一發就能命中牠的要害，否則，遭害的便不是狼，而是開銃的人了！

從西王莊到東王莊，中間相隔廿來里地，一共有三道土墩子，俗稱頭墩、二墩和三墩，那隻哨狼是在頭墩釘上我的，等我走到二墩，再抬臉看看，墩脊上的狼，一隻變成兩隻了，斜乜著眼，齜著白森森的牙齒，貪婪的拖出舌頭，那神情，簡直把我看成牠們嘴邊的一塊活肉了！

倒霉的天氣也不幫忙，陰霾霾的雲吞掉了將落山的太陽，風勢轉得更猛，吹得天上地下，一片沙煙，看上去像就要落黑的樣子了。原先那隻哨狼添了一個同夥，膽子變得更大起來，牠們不再遠遠的吊著，卻從土墩子上竄了下來，像跟路的狗似的，在我背後跟著我走，我快，牠們也快，我慢，牠們也慢，我扭頭望一望，牠們離我最多廿來步地的樣子，牠們這樣跟定了我，使我想到，早晚牠們就要行動的了！

我加快腳步朝前奔，在當時，真盼望前面出現趕路的人，或是後面還有騎牲口挑擔子的人趕上來，那也許會使這兩隻狼驚遁掉，誰知走過二墩，前後仍不見另外的人影，只有我和那兩隻狼。

天色越變越昏暝了，即使我年輕氣盛，也不禁有些心寒膽怯起來。不過，轉念一想，橫豎今晚是遇上了，事到臨頭，光怕也不是辦法，非得硬著頭皮，死撐硬挺不可，牠們怎麼來，我就怎麼去，決不能讓我的駭懼落在牠們的眼裡。

我撩撩背袋，先取出那柄小斧頭插在腰眼，又反手摸出鐵鑿來，到了緊要關頭，可以拿它當成飛鏢使用。當然，我不是獵狼的人，並不想獵到狼，弄床狼毛褥子好過冬，我只希望在奔入東王莊之前，設法保護自己，不讓野狼傷害到我，這些工具，至少能使野狼略有戒懼，不能肆無忌憚的撲襲上來。

沙路越走越窪，兩邊都是沙丘，在玄黃色的暗淡光景裡，領頭的那匹雄狼似乎等得不耐煩了，牠忽然開始耍起飛竄的把戲來。……我走著走著，忽然聽見唿啦一聲，那匹狼竟然從背後飛竄到半虛空裡，從我頭頂上掠過去，落地後，回轉身來，攔在我前面的路當中，大模大樣的坐著，轉動牠的頭，左右斜瞅著我！

我知道，野狼糾纏上人，一到開始打竄攔路的辰光，就表示牠快要噬撲人了，假如我一顯出慌亂的樣子，這兩匹狼很容易會把我撲倒，撕成一片片碎肉。

牠坐在前面攔著我，存心看我有什麼樣的反應，我把心一橫，直對著牠走過去，揚手拔出一把鐵鑿來，野狼一看我並沒被牠嚇倒，急忙用前爪交換著刨刨地，朝一旁竄開了。

但這並不表示牠對我示弱，牠只是暫時按捺著，等待下一個機會。從二墩起始，這兩匹狼就交互的在我頭頂上飛過來竄過去的把我軟困著，一會兒，又頭啣尾，尾連頭的，繞著我打轉，牠們用意很清楚，就是要耽擱時辰，讓我在天黑前巴不上莊子，獨留在曠野地上，任牠們結隊來啖掉！

我就是滿心明白，也無法可想了，既不能完全撇開不理會，趕路的速度，便自然的慢了下來，天，眼看落黑啦，假如牠們發聲長嗥，招引大陣的狼群過來圍襲，我這條命算是丟定啦！

反覆一酌量，我只有一個冒險的辦法，那就是趁著天落黑之前，先把纏著我不放的這兩匹野狼給解決掉，不給牠們呼朋引類的機會。三墩業已橫在眼前了，翻過那道土墩子，就能望得見東王莊莊頭的燈火亮了，我能在三墩那裡，解決這兩匹狼最好。三墩離東王莊只有三里多路，莊裡的人，一定能聽得見我開銃轟擊的聲音，他們知道有人遇上痲煩，必會帶著槍銃，打起火棒子，湧出村來救援，這是唯一逃脫狼口的機會了。

既然懷著這樣的打算，我便儘量的快走，當野狼攔住我的路時，我就老實不客氣的用上我的鐵鑿了！野狼見我飛擲出傢伙，倒也有所顧忌，急忙朝一邊閃開，我是連衝帶跑，直奔三道墩子。

那兩匹狼緊緊追著我，也許牠們自以爲有把握撲噬我，不願意多個分肉的，所以一直沒發聲嗥叫，這樣一來，我的處境雖夠險，但還有一線希望。

事情終於在三墩發生啦！那時天已真的黑下來了，那兩匹狼一前一後的把我夾在當中，我把三把鐵鑿都當成飛鏢擲了出去，根本沒有傷到牠們的毫毛，牠們低嗥著，朝我逼進，我把工具袋子也扔開啦，左手執著短斧，右手拔出短柄火銃，背貼在沙塹的壁面上，等著牠們進逼；在這最後的時刻，我心裡只有一個念頭，寧願冒大險，直至被牠們噬傷，但在沒有絕對把握的時刻，決不飛擲斧頭或輕易開銃，萬一一斧擲空，或是一銃沒打中牠們的要害，我就再沒有旁的好阻擋牠們了。

就在我轉念之間，牠們是同時撲上來的，我那時也不知哪兒來的那股勁，左手一斧飛劈出去，右手同時響了銃，那一斧正劈在左邊那匹狼的胸腹上，牠身子一落，使我的斧柄脫了手，牠便嵌著斧頭竄開了，牠的血，飛迸到我一邊的手臂和褲管上。右邊猛撲來的是那匹老雄狼，我也發銃轟中了牠，但牠仍然帶傷撲上來，把我撲倒在地上，認準我的頸子咬了一口，我一偏頭，覺得頸子一麻，人便人事不省的暈過去啦！……」

王老木匠被狼咬的經過，東王莊有幾個年紀大的老人都眼見過，他們當時聽見銃聲，打起葵火棒子，趕到三墩去救難的。據他們說：他們趕至三墩，找到王木匠時，他橫躺在路邊的沙塹下，渾身都是鮮血，短柄火銃還緊抓在手上，在他旁邊，倒著一匹中了銃的老雄狼，牙齒滴血，牙縫裡還咬著一塊皮肉。

「當時，我真的以為王木匠死了，」東王莊的長工老杜說：「有人用葵火照光，我蹲下身察看，他的傷口在頸子偏右的一邊，一直扯至耳根，幸好喉管還沒被撕裂掉，摸摸還有一絲游漾氣，才把他抬回莊上，請醫生救回他那條命的。」

「另外一隻狼，到第二天才被找著，」麻臉老頭兒說：「一把利斧嵌在牠胸脯當中，牠居然還連奔帶竄的翻過土墩子，在一片沙地上打轉，轉了一圈又一圈，直到牠身上的餘血流盡了，牠才倒到草叢裡。從灑在地上的血滴，咱們幾乎數得出，牠至少轉了七八圈，……那時，牠準是受傷昏了頭了，還以爲是在走直路呢！」

至少在湖邊許多村落裡，都知道當年老木匠打狼的這段故事，一個人一次打殺兩匹哨狼，他自己卻受傷沒死，這不能不說是有膽量，也有運氣，那之後有很多年，王老木匠都是這一帶的風頭人物。

不過，等到小王集的殺豬馱販老湯出現後，老湯前後兩次和狼相遇的經歷，論奇，論險，論機智，都超過了王老木匠的遭遇很多，因此立刻被風播似的傳說著，掩蓋了王老木匠的故事了。

老湯是個流動的肉販，每天四更殺豬，並不在小王集肉市上設攤子賣肉，卻揹了肉下鄉來，串著村子兜售，到了半下午，把肉賣得差不多了，才收拾些賸餘的皮骨和碎肉，趕回小王集去。

這一路常鬧狼，老湯並不是不知道，但操刀殺豬的漢子，十有八九都是人粗膽大的人物，根本沒把鬧狼的事放在意中。

有一回，天到半下午了，老湯賣了肉，還留戀在西王莊的酒舖裡，喝得醉裡馬虎的，和開酒舖的寡婦吉嫂兒調笑。吉嫂兒隔窗望望斜西的太陽，對他說：

「死鬼老湯，你沒看看天到多早晚了？你再不上路，明早你就進狼窩啦，這一路，鬧狼鬧得多麼兇，只怕遇上了狼，你可沒有王老木匠那種運氣呢！」

「我進狼窩，買狼來殺肉賣嗎？」老湯逗樂子說：「只要妳願意吃狼肉，不嫌騷，我就殺隻狼，讓妳嚐嚐狼肉的味道。」

「講真格兒的，老湯，」旁座有人說：「這些年，你常常早出晚歸，獨自一個人走荒路，卻沒像老木匠那樣遇上狼，說來也真怪的慌。」

「這有什麼怪的?!」老湯吹噓說：「你沒聽唱大鼓的唱過武二郎景陽崗上打老虎嗎？我比不得武松，老虎不敢打，打狼總是打得的吧？老實說，這些年裡，我幹殺豬賣肉的營生，紅刀子出，白刀子進弄慣了，腦門上有一股殺氣，野狼是邪物，牠若不趨吉避凶，想找死嗎？」

「嘿嘿，」對方笑了起來：「狼沒找你，瞧你吹牛吹的，狼不是嫌你肉粗，是怕你皮厚，——啃不動你。」

說老湯肉粗也好，皮厚也好，總而言之，這些年裡，屠戶老湯常來往湖濱各村落，沒遇到狼確是真的。不過，那天傍晚，當老湯揹著碎肉，離開西王莊回鎮的時刻，有一隻邪氣的哨狼，從荒塚裡撞出來，就悄悄的跟上他了。

老湯帶著一股子酒意，哼哼唧唧的唱著小調，忽然他發現那匹拖著掃帚尾巴似的狼，正跟在他的背後，伸出貪婪的涎舌，一路用尾巴掃地，掃起縷縷的煙塵。

「咦，你這個鬼東西，」老湯掉過臉去，對著那狼說：「你是眼斜心不正，想要挨一頓？老子正好差一床狼皮褥子，你來得正是時候。」

那狼不管他說什麼，只是用綠瑩瑩的兩眼瞪著他。

一過了荒塚堆，天就黑下來了，狼緊緊的跟在背後，弄得老湯滿心疙瘩，酒意一消，當初發的狠都嚇回去了。他看前面不遠有棵老榆樹，榆樹後面是座小土地廟，靈機一動，便想出個主意來，人說，對付野狼，與其力敵，不如智取。他是臨到急處，不管這主意靈不靈，只好姑且一試了。

他所用的方法很簡單，只用捆豬的繩子，繫在鐵鉤上，鉤尖吊了一塊豬肉，他把繩索擲過樹枒，使鐵鉤上的那塊肉，垂在半空裡搖晃著，而他自己手牽著繩頭，一頭鑽進土地廟去，回臉朝外坐著，抽出他的殺豬刀來，準備和那匹野狼一拚，——假如牠不理會豬肉，一心想吃人肉的話，他就要動刀拚命，力求自保了。

那匹狼一路追著人，又渴又餓，當老湯鑽進廟時，狼便衝著廟門坐了下來，綠眼像兩盞燈似的望著。那夜，天上的月亮欲圓沒圓，斜斜的照在廟門前，老湯坐在門檻裡面，那柄屠刀閃閃發亮，狼看見刀光，顯得很躊躇的樣子，人肉當然很有滋味，不過要冒挨刀的危險，牠歪動著頭，彷彿也在打著算盤。

「鬼東西，你難道沒看見豬肉嗎？」老湯帶著咒詛的意味說：「老子讓你吃白食，當真還不夠便宜?!」

他一面這樣說著，一面抖動繩頭，掛在樹枒上的鐵鉤鉤著的那塊豬肉，便更加晃盪起來。

狼總算看到那塊豬肉了，豬是狼愛吃的牲口之一，狼當然對那塊豬肉很有興趣，拿它和躲在廟裡的人比較，那塊豬肉顯然要小了一點，不過，牠覺得吃那塊豬肉比較容易，不必冒險。牠用前爪刨刨土，捲動舌頭，一會兒望望老湯，一會兒又望望那塊吊在半空裡的豬肉，這樣三心二意的望了一會兒，牠彷彿做了一個兩全其美的決定，牠想先拿那塊豬肉當成點心，吃完了，再回到原地來和老湯對耗，有了點心又有正餐，總比癡守著挨餓要強。

牠打定主意站了起來，慢慢走近老榆樹，輕輕繞著圈子，彷彿疑慮沒有消失的樣子，等牠兜了幾個圈子之後，確定這塊肉可以吃，並沒有什麼不妥的花樣，牠便在樹根下撒了一泡溺，退後幾步，飛身人立起來，認準那塊肉，動口撲噬上去。

牠身子竄到半空中，確實把那塊豬肉啣進嘴了，屠戶老湯猛地一拉繩頭，鐵鉤上升，洞穿了狼的上顎，把那匹狼給懸空吊了起來，那情形，跟用釣竿釣魚一樣。狼的四腳划風，一陣掙扎，但毫無用處，牠是掙不脫，逃不掉啦！

「哼，你這個吃白食的，你算是走錯了攤位啦，也沒打聽打聽，我老湯的豬肉，是容易白吃到嘴的嗎?!」

可憐那匹被鐵鉤鉤穿上顎的狼，連嗥喚求救都叫不出聲來了，順著那塊堵滿牠嘴的豬肉，滴進牠喉管裡去的，卻是牠自己的鮮血。

屠戶老湯的計謀得售，也就不再客氣了，他站起身收繩，再把繩子緊繞在樹幹上，打了個死結。然後，他走過去，很親熱的摸摸狼脊背上的皮毛說：

「你吃我的豬肉，我活剝你這張狼皮，咱們算是收支兩抵，誰也不欠誰的，也許你挨剝時有些疼，單望你忍著點兒，我老湯刀法熟練，剝起來很快，不會拖泥帶水，讓你多受洋罪的。」

說著，他就操刀把那匹狼給活活的旋剝掉了。

後來，爲了向西王莊的人炫耀，他曾把硝製好了的那床狼皮褥子帶下鄉，給村裡的人摸過，看過，證明他使用釣魚的法子釣著一匹狼不是空話。……一般人品論起老湯獵狼，在方法和機智上，都超過王老木匠很多；而老湯獵了狼，自己卻毫髮無傷，比王老木匠被狼咬暈，那又強得多了。

鄉野上的人，多半相信氣機相感的說法，說是吃過狗肉的人，都不得狗緣，狗一見著他，就會拚命的咬；那麼，把這種說法移到狼身上，也是一樣。有人就曾作過這樣的預言說：

「瞧著吧，老湯旋剝了一張狼皮，也沒有什麼好得意的，日後他早晚趕荒路，狼群不會輕易放過他的，他總不能屢次使用鐵鉤釣狼的老法子，那時候，他就要吃上大虧了，說不定還會貼掉性命呢！」

證諸事實，這種預言式的料斷，並不完全是空穴來風，過不久，當老湯同平時一樣的揹著蒲包，揣著殺豬刀回鎮時，他又遇上狼啦！

這回遇狼的時間要早一些，但卻不是一隻狼，而是一群狼，至少有六七隻。

那天老湯的生意好，肉都賣完了，蒲包裡沒有碎肉，只賸幾根光禿禿的大骨頭，狼群在半路上跟上了他，把老湯嚇得直豎汗毛。

「我的兒，你們不是來替早先那隻報仇的吧？」他喃喃的自語著。

狼群不理會他，搖頭晃腦的跟著他走。

老湯看看斜西的太陽，他的殺豬刀磨得再鋒利，也鬥不贏這一大群野狼，他必得要趁太陽落山前，想妥對付的方法，要不然，他就很難活著回去了。

平素迷離馬虎的人，臨到危急的辰光，往往會想出異想天開的怪點子，老湯一拍腦袋，就想到一個方法了。在路邊不遠的地方，有一處野麥場，當地的農戶們下田收莊稼時，由於田地距村落過遠，把稼禾收割了，運送回莊去，有許多不便，所以，多在田地當中，或是靠近野路邊的地方，開闢一座野場，就在野場上碾麥，播揚，只把糧食運回去，而把禾桿子留在野場一角，堆成泥巴封頂的草垛子。老湯從這兒經常過路，一路有些什麼，都一清二楚，他想到的這座野場，佔地有好幾畝大，場角堆了五六個麥草垛子，有兩個剛封頂，一隻長腿木梯還沒有抽掉。

他早把算盤打好了，回頭看看，那群狼還在緊緊的跟著他，他伸手到蒲包裡，取出他應急的武器——幾根肉骨頭，朝狼群扔了過去，在這點上，狼跟狗差不多，一見骨頭，便爭著啣，爭著啃，和老湯拉遠了距離。老湯趁著這個機會，一奔子跑到野場角上，順著長腿木梯子，一溜煙似的爬到草垛頂子上，立即把木梯抽了上來。

草垛子有兩丈高，一座城堡似的，野狼雖會跳躍，卻也跳不了那麼高，而且草垛子四周都是麥草束子，又軟又滑，狼爪子落下去不把滑，不得力，根本爬不上來。這樣，他就可以安心坐在垛頂泥蓋上，等著熬過夜晚了。

他坐到草垛上，抽上梯子來，那些搶骨頭的狼群也跟著到了。老湯慢吞吞的取出他的小煙袋桿兒，裝了一袋煙，打火吸著煙，神態悠閒的望著圍在野場上的狼群，心裡想：鬼東西，你們有本事，儘管在老子面前亮出來吧！能奈何得了我老湯，算你們行！

太陽逐漸落山了，那些啃了骨頭的野狼，仍然飢餓不堪，幾根到唇不到嘴的骨頭，反而把牠們肚裡的饞蟲惹得蠢蠢蠕動，牠們有的坐著張望，有的拖著尾巴走來走去，看光景也在想什麼歹主意。老湯既已坐上了草垛頂子，只好以不變應萬變，等著狼群先發動了。

狼群的忍耐功夫，似乎要比老湯略差一個頭皮，趁著薄暮時，牠們就撲躍向草垛子上來了。但牠們只能跳到草垛頂子的邊緣，前爪一落，身子就滑了下去，根本無法爬上來，一面拚命朝上跳，一面又乒乒乓乓的朝下掉。牠們愈是不服氣，愈是跳得兇，愈是跳得兇，愈是摔得重，前後不到半個時辰，每匹狼都跳累了，張開嘴直喘。

後來，牠們連跳都跳不動了，只有垂頭喪氣，坐在下面發呆的份兒。

入夜時，有一匹老狼跑了開去，過不了一會兒，牠從別的地方，領來一個毛色灰白的怪東西，老湯就著月光，仔細一看，原來那老狼請來了牠們一向依賴的狗頭軍師——一隻狽，那意思是要狽來替牠們出主意：如何才能把坐在草垛頂子上的那個人拖下來吃掉？

一般說來，狼在鄉野人們的眼裡，已經算是很神秘的動物了，但狽比狼更爲神秘。老湯也零零星星的聽說過一些關於狽的故事，說狽和狼原是近親，狼的毛色，會隨著季節的不同而產生多種變化，而狽的毛色，總是灰白的；此外，狽的兩條前腿太短，兩條後腿，又過分的長，因此，行動迂緩，很不方便，上坡還可以遮短，一遇下坡，便只有栽筋斗的份兒了。

狽是個懶惰、骯髒、無用的東西，如果離開了狼，牠根本無法單獨生活下去。狽離不開狼，狼偏偏也離不開狽，因爲狽的唯一本領，就是腦子聰明，會替狼拿主意，狼只有言聽計從的份兒。狽假如離了狼，牠的歪主意就無法施行，狼如離了狽，遇上困惑疑難，也就無法解決，只有乾瞪眼的份兒啦。世上形容一窩壞蛋結夥，叫狼狽爲奸，真是妥切得很，狼和狽實是相互依存的。

老狼請來的這隻狽，用前爪搭在狼身上，緩緩走到野場當中來。狽的白毛，髒得結成餅兒，但其餘的狼見了牠，都露出興高采烈的樣子，紛紛圍繞上去。那隻狽抬頭望望坐在高高的草垛頂上的老湯，前爪離開狼身，一拐一拐的走到草垛子腳下，把頭伸進草窩裡，費力扒刨，做出打洞的樣子，然後退回場中，端坐不動，表示要狼打洞朝上爬，牠只要等著吃肉就成了。

狽的動作看在老湯的眼裡，嚇得他心驚肉跳。他知道，狼的前爪銳利如鉤，而尖稜稜的狼牙，又硬得像老虎鉗一樣，牠們打洞的本領不亞於野獾狗，麥草是虛鬆的東西，打起洞來，比刨鮮土更容易，這樣一來，不到起更，牠們就會爬上來把自己撕碎，去填塞牠們飢餓的肚腸了！他總不能眼睜睜的坐在上面等死，他得儘快的想出對付牠們的辦法來。

他舉眼望望附近，同樣的草垛子一共有三座，垛頂相距不算遠，只要橫過長梯，就能搭得上，他目前不必動彈，等著狼群打穴鑽進草垛子再說，——他已經想到一個絕妙的法子，那是連老奸巨滑的狽也不會料到的，有了這個主意，他便一點兒也不在乎了。

狼群聽了狽的主意，果真繞著老湯存身的那座草垛子腳下，拚命的打起洞來，牠們打洞的速度真是快，不一會兒工夫，幾隻狼就鑽到草垛的肚裡去了。老湯歪過身子，把耳朵貼在垛頂的泥蓋上仔細諦聽，乖乖隆的冬，到處都是窸窸窣窣的扒草的聲音。

他在等待著。

這樣等有一頓飯的時辰，他俯耳再聽，扒草的聲音愈來愈近了，他點點頭，自言自語的說：

「差不多是時刻啦！」

說著，他便站起身，豎起那座長腿梯子，朝鄰近的草垛放落，這樣，長梯變成一座橫擔在兩座草垛之間的一道浮橋了。

他搭好了橋，便從腰眼摸出火刀火石來，打火燃著了一段火紙媚兒，把它丟到草垛腳下去，草垛腳下堆積著狼打洞時拖曳出來的乾麥草，一見著火，哪還有不引燃的？剎時之間，一股火燄便升騰起來，飛快的朝四周擴大，蔓延，熊熊勃勃的不堪收拾了！而老湯卻在草垛子著火的時刻，順著橫倒的長梯，爬到另一座草垛上去，立時抽回梯子，依樣畫葫蘆，逃到第三座草垛上，然後，把長梯落地，拔出他的殺豬刀，奔向坐在野場當中的那隻狽來了。

火從草垛子外面燒起，當時正陷在草垛肚子裡的狼群並不知道，火勢習慣是由下向上揚，等狼群發現不對勁時，火燄業已燒到屁股啦！草是虛軟的東西，狼是逃也逃不掉，跳也跳不起來，火勢大起後，只聽得火燄當中，一片嗚咽的狼嚎。

那隻失去狼群保護的狽，一看見火起，嚇得渾身打抖，腿也軟了，又看見在火光裡揚刀奔向牠的老湯，只有硬起頭皮，咧開嘴，暴出兇惡的牙齒，想跟老湯拚命，但牠一動就跌筋斗，被老湯一屠刀洞穿了肚腹，打了幾個滾，就安安靜靜的躺在那兒，不再爲分肉吃的事兒操心費神了！草垛子燒得啪啪啦啦響，有一匹狼從火光當中飛竄起來，落在老湯坐過的垛頂的泥蓋上，不旋踵間，垛頂也向下陷落，那匹狼仍然落進火裡去了。

按理說，屠戶老湯這一回，一共燒死六七隻狼，又刺殺了一隻狽，應該更高興才對，但他說起這事來，卻愁眉苦臉，因爲他當時也沒想到：放火燒掉農戶的草垛子，他要負責賠償的。那座草垛子有一萬八千斤麥草，使屠戶老湯賠掉了很可觀的一筆錢，他形容說：

「足夠買兩條大肥豬的！」

「你可不能這樣計算啊！老湯，」西王莊的人逗他說：「放火燒掉草垛子，卻救了你的命，難道你的一條命，還不抵兩口肥豬値價嗎?!」

在濱湖一帶的村鎮上，由於狼群狡獪貪婪，人和狼之間的衝突，是永遠沒有完的；人總小心翼翼的防著狼，而狼爲了生存和獵食，也無時無刻不在動腦筋侵犯人；日子綿延著，人和狼衝突所產生的故事，也只有愈來愈多的了。有些貪利的獵人們，每到秋冬季，會放車到這片荒涼的草野上來，搭起車棚子獵狼，他們知道狼的習性，畏光畏火，知道狼會飄忽打溜，躲避槍彈，知道狼喜歡吃乳豬和奶羊，知道狼身體各部份，有哪些地方強?哪些地方弱?有句流行的俗語，說狼是銅頭，鐵爪，痲稭腿，那意思是指狼的腦袋很硬，狼爪極端尖銳有力，而最弱的部份就是四條細長的腿，狼的腿骨又細又脆，即使挨上一竹棍，也會斷折，他們打狼時，專會利用狼的這些弱點。

這些獵手們職業性的獵狼，通常都平淡無奇，不及老木匠和屠戶老湯獵狼的過程精彩，他們很少使用火銃打狼的獵法，一般都是使用挖陷阱的方法。這種方法，不僅是一時一地施行，北方各地多年來，也一直使用著。方法說來很簡單，那就是在野狼經常出沒的地方，挖成六七尺深，三四尺方圓的陷阱，上面覆蓋著一塊方形的厚木板，木板當中，挖出一個盤口大的圓洞，形狀好像一面枷。獵人事先蹲在陷阱裡面，帶著乳豬或是奶羊羔子，到了夜晚，獵人便不時的打豬打羊，使牠們發聲嘈叫，狼聽到了，摸索過來，伸著一隻爪子到圓洞裡去，想攫住豬羊，這時候，獵人便乘機拖住狼腿，站起身來，連板帶狼一起揹了就走。狼雖然牙尖爪利，但中間有一層厚木板隔著，使牠無用武之地，只有啃木板的份兒了，獵人們使用這種方法捉狼，十有八九是手到擒來。不過，偶爾也會產生一兩宗意外，那就是當獵人揹起獵得的那匹狼上路時，忽然發現另外還有一隻狼，原來牠們倆是一道兒來的。

有個姓陳的獵人，就是那樣死的。

雖然，人和狼的相鬥，總是狼輸的時候多，但狼仍然爲牠們的生存奮鬥著，想出花樣來從村莊上偷取牲畜，有時，嬰兒和幼童，也經常落在狼的嘴裡。

在眾多的家畜裡面，有些是特別怕狼的，有些是略略怕狼的，有些是根本不怕狼的，一般說來，豬、羊和驢子，怕狼怕得最兇。狼吃羊，羊根本無法抗拒。東王莊有戶人家，羊圈裡養了百十頭羊，白天放出圈去，由牧羊的工人趕羊去野地上吃草，傍晚趕羊回圈，都要仔細的核對數目，每到夜晚，羊圈裡掛著馬燈，還要派人徹夜值更，看守著羊群，因爲狼潛進羊圈偷羊的事情，早先發生過的次數，實在太多了。

那家請的牧羊工叫老趙三，年紀雖說大了一點，但耳聰目明，也很盡責，他每夜都抱著火銃，睡在羊圈一角的小屋裡，只要聽見外邊有一點風吹草動，都會拎著燈，到處照看一番。

那年冬季，羊群在夜裡總是不安靜，老趙三也披衣起來瞧看過，並沒發現什麼，但等第二天數羊時，卻發現羊少了一隻或是兩隻，他明白那全是有狼潛進羊圈，偷偷把羊給偷走了，使他奇怪的是：當羊群騷動時，他明明起來拎燈照看過，爲什麼當時沒能發現狼呢？

他發狠要查明白這宗事情，要不然，他沒法子對主人交代，怎能說無緣無故的丟了羊呢？

一個起風落冷雨的夜晚，天色烏漆墨黑的，老趙三睡得正酣，忽然被咩咩的羊叫聲驚醒了，他怵然一驚，立即爬起身來，揣上短把火銃，摘了捻亮的馬燈，奔到羊圈中來，在他眼前的那些羊，仍然帶著餘驚，像高風壓浪似的彼此捱擦著，亂奔亂竄，每隻羊的眼裡，都帶著恐懼的神色，表示出牠們看見了什麼。

老趙三看羊多年，不是沒有經驗的人，曉得一定有狼潛進羊圈了，但他拎著燈四處走動，仔細的照著，地面上沒有血跡，也找不到其他可疑的徵狀，更沒有發現狼的影子。

「約莫是外頭起風，驚了牠們了？」他自言自語的喃喃著，一面把馬燈捻暗，回到小屋裡去，倒頭又睡，可是，剛剛迷盹著了，羊群又騷動起來了，他不得不揉著睡眼，重新拎燈去巡視一番。

這樣，羊群一夜之間，無端的騷動了三回，等到四更天，睏盹極了的老趙三一覺睡過去，就沒曾再被另一次騷動驚醒了，等到他天亮醒來，再想拔柵放羊出圈時，可怕的景象在他眼前出現了！

羊圈哪還像是羊圈，簡直變成使人觸目心驚的屠場了；一百多隻羊裡，有二三十隻橫倒在地上，地面上都是撕下的羊皮、羊毛和淋漓的血跡，狼並沒有挑肥揀瘦的去吃某一隻羊，卻以把羊咬斃為樂，每隻羊的傷口都在咽喉部位，其餘的身體各部沒有傷痕。……當然，老趙三為這事丟了差使，當主人辭退他，想另行招工看羊時，有經驗的牧羊人都不願去應徵了，據他們說，狼這樣咬斃群羊的事，在北地經常發生。

和狼咬羊的事情相比，狼吃豬的事就要顯得文明些兒了。

西王莊緊靠湖邊，窪地上溝泓遍佈，留有許多淺淺的沼澤，生長著野蘆、浮萍和各式水草，有無數小魚小蝦，莊戶們養豬，並不要費心勞力，只要買了秧豬（即種豬），生下小豬來，砌個豬圈就成了。白天拔開柵門，把豬給放出去，老豬自會帶著小豬，進入那些淺沼，蘆根、水藻、萍葉和小魚小蝦，就是最好的天然飼料，不用花費一文錢的。豬的模樣看起來蠢笨，其實很夠通靈，一到傍晚，老豬自會帶領小豬回圈去，和人一樣的查點牠子女的數目，如果少了一隻，牠便會不安的哼叫。

由於那一帶的田地都是很鬆的沙壤，一般豬圈的圍牆都打得不高，大約三四尺的樣子，而且牆根兩邊，還要加上護樁，落雨時，才不致把豬圈沖倒。這種豬圈要想防狼，根本談不上的，農戶們只有一個方法來保護豬隻，那就是儘量把豬圈和家屋連在一起，一有動靜，就拎燈荷銃過去察看。

貪饞的狼群很垂涎那些豬隻，但牠們到底畏懼人，不太敢進莊子。同時，莊裡的狗群處處和牠們作對，狼原有意和狗敘敘交情，但狗群端人碗，服人管，六親不認，硬把狼這門子遠親當成異物。狗雖力不足斃狼，但狗仗人勢，理直氣壯，驅逐入窺的野狼是毫無問題的。狗只要大驚小怪的一陣吠叫，人就會明火執仗趕來替狗撐腰，狼自然只有拖著長尾，落荒而逃的份兒啦！

狼明知情勢於己不利，但總捨不得那些透肥的豬隻，於是，牠們想出一個新奇的主意來，牠們挑選出身強力壯，又有經驗的雄狼進村冒險，避過狗群的耳目，悄悄跳進豬圈，認準一條肥豬，只咬牠的尾巴，咬住了就朝後拖，豬有個拗脾氣，你越朝後拖，牠就沒命的朝前掙，狼適時一鬆口，護疼的豬前腳一立，就跳出豬圈的矮牆，向野外狂奔而去了。這時，進圈的狼如法炮製，再咬另一條豬的尾巴，使牠照樣跳出圈去，這時牠的任務完畢，立即逃竄，等人聲嘈雜，燈火亂晃時，牠早已不在豬圈裡了。人點點少了兩口豬，天又黑，風又大，野地無

邊，到哪兒找豬去？

這叫做狼請豬，不傷牠們，只是設計把豬請出圈去，等出圈的豬奔至黑夜的曠野上，來接豬的狼早在一邊等著了。牠們不願在離村很近的地方，匆匆忙忙，又擔驚受怕的吃豬，假如咬死了動口拖，又嫌豬隻屍肥體重太費力，又太累贅，牠們便用另一個方法來趕豬。

說起狼趕豬的方法來，真是又輕鬆又巧妙，連人都會自嘆不如。牠們只要張開嘴，不輕不重的咬住豬的耳朵，豬就得乖乖的跟著牠跑，牠向左，豬跟牠向左，牠向右，豬便跟著牠向右。豬的渾身上下，只有兩處地方最敏感，那就是耳朵和尾巴，偏偏這兩處護疼的地方，都被狼給摸到了，用上了，牠不聽話行嗎？

西王莊有人打著火把找尋豬隻，親眼看見過狼趕豬的，他回來形容那光景說：就像怕老婆的漢子，被老婆捏住耳朵拖著走一樣的乖順，不過，等到豬被請進狼窟，那結果，就比怕老婆的漢子更淒慘了。

說到另一種怕狼的家畜——驢子，真是怕得太過分了一點。就體型而論，驢子要比豬和羊高大，但牠的膽子，簡直比菜豆粒兒還小，即使在白天，走在路上的驢子，一聽見遠處狼的嗥叫聲，牠也會嚇得呆站在原地，四條腿沙沙打抖，嘩唧嘩唧的嚇出溺來。有人見到狼攻擊驢子的情形：驢子見了狼，大魂都嚇出了竅啦，總是呆在那兒，一動不動的聽憑狼去收拾牠。

狼撲驢極盡殘忍惡毒的能事，牠竄上去，用前爪橫擊驢的肚腹，只一爪，就會像快刀切豆腐一樣，把驢肚子撕開，來一個活生生的大開膛。驢子應聲倒地，但並沒死去，兩隻充滿痛楚和恐懼的眼還大睜著，眼見牠自己熱騰騰的腑臟和肚腸流瀉出來，狼很喜歡這種新鮮的熱食，就地搶著吃，不一會兒工夫，便把驢子的肚臟吃空了。牠們往往把活著的驢殼子扔掉不顧，舐著牙齒離去，讓沒有肚臟的驢慢慢的死去。

比較起來，牛和騾子，怕狼的程度就輕得多了。

牛頭上有角，足可保護牠的頸項，同時牠的四蹄沉穩，力氣巨大，狼不容易撲得倒牠，一隻壯牛除非遇到群狼圍攻，牠在面對一隻狼的時刻，有能力保護牠自己。至於騾子，雖具有驢子一半的血統，但也具有一半馬的烈性，因此，當狼來撲襲牠的時候，牠不會任憑宰割，而會亂跳，亂咬，亂踢，亂叫。作賊心虛的狼，可以不怕騾子的咬踢，卻很怯懼騾子的亂叫聲，因此，狼咬傷騾子的事會有，吃掉騾子的事少見，主要的是因為牠不能得到充分時間，好放心大膽的修理騾子。

說到根本不怕狼的家畜，那就是狗和馬了。

任誰都知道，馬是雄武的烈性牲口，一向吃軟不吃硬弄慣了的，牠不喜歡狼那種鬼祟、邪氣的樣子，牠自然也不肯買狼的帳啦！正因馬有這種烈性，兩軍陣前，槍林彈雨都嚇不著牠，休說一兩隻狼。論身軀，馬比狼高大魁偉；論行動，馬也夠得上靈敏快捷，論力氣，馬毫不輸於任何一隻狼；這些條件都在其次，最主要的是馬有膽量，馬既毫不怕狼，狼倒有些怕馬了。

西王莊王老爹家有一匹小川馬，平素都跟驢子拴在一個槽頭上，有一夜，月黑風高，一匹打食的野狼闖進了牲口棚子，那兒拴的兩匹驢都嚇軟了腿，等著狼宰割牠們了，但那匹野狼卻霉星罩頂，餓花了眼，竟然把小川馬錯當驢看，一個飛竄，橫撲了過來。

小川馬一向瞧不起狼，看到牠錯把自己當驢欺，心裡更是火冒八丈，當那匹狼竄近牠腹部時，川馬身子一閃，飛起一蹄子，踹中狼的身體，把那匹狼踹得連翻幾個筋斗，摔落到兩丈開外去，跌得頭昏眼花。

那匹狼如果是個識相的，上了一次當，懂得學乖，夾著尾巴，忍著餓退走，也就平安無事了。誰知牠惱羞成怒，滾了一身泥沙站起身子，立即作勢又撲上來。這一回，川馬扭過屁股，尾巴一搖，雙蹄迸發，用足勁對準狼頭踢了過去，這傢伙正好踢在狼的嘴上，狼在半空中打滾翻身的直摔出來，腰桿又撞上棚角的橫木，一跤跌得牠七葷八素不說，狼牙叫踢掉了兩顆，滿嘴滴著鮮血，慘號著，一歪一拐的逃走了。

王老爹和宅裡的長工人等，是聽著慘厲的狼嗥，才驚起來拎燈照看的，他們奔至畜棚一看，馬和驢都好好端端的拴在那裡，只是棚外的地上，留下一路血跡和狼的爪印，他們另外還撿著了兩粒狼牙……。

談到不怕狼的狗，情形就比較複雜，有些狗實際上也怕狼，那得要看是什麼樣的狗?!……幾年前，西王莊外有一個墾荒戶老何，三間丁字屋，搭蓋在野林邊上，老何夫妻倆都膽大健壯，有人勸告過他，希望他搬進莊裡來住，免得遭狼的禍患，老何拒絕了，他說：

「不要緊，狼這邪皮子貨色，不是我那老黑的價錢，有老黑替我看家守宅，三兩匹狼，休想進我的宅子！」

他所說的老黑，是一條異常壯實的獵狗，眼下有兩塊黃斑，俗稱四眼狗，是狗中兇猛的一種。

老何夫妻倆有兩個孩子，乳名大呆二呆，都是男孩，大呆三歲過頭，二呆剛剛斷奶，兩人平時下田去，習慣把老黑留下來守門，兼看兩個孩子。老黑對於外人很兇猛，但對主人一家卻忠心耿耿，而且非常通靈，完全懂得主人的吩咐。

老黑看孩子，可說看得很緊，牠遵照主人的囑咐，只准大呆和二呆在屋裡玩，牠坐在門口監視著，完全是一夫當關的氣概，有時，大呆想偷溜，老黑便老實不客氣，一口叼住大呆的腰帶，便把他給啣了回來。

這天，老何夫妻倆放牛車去趕小王集，散集時遇上一陣大雷雨，回來晚了，到了二更天才趕回宅裡來，車到門口，不見老黑迎過來，老何便覺有些不妥，轉對他的老婆說：

「大呆他媽，情形不妙，老黑到哪兒去了？」

「是啊！」何嫂兒也覺得很納罕說：「早先不管咱們什麼時刻到家，老黑總老遠就迎上來的。」

「不好！」老何跳下車，抓起火銃來說：「大呆和二呆恐怕出了什麼岔子了！妳瞧門開戶敞的，妳拎著車轅的馬燈，咱們不忙卸牛，先趕過去看看吧！」

夫妻倆一個執銃，一個拎燈，朝前走沒多遠，就看見一匹狼臥倒在血泊裡，不用說，這是野狼犯宅，被老黑咬死的。

兩人走進屋，舉燈瞧看，一屋子亂得不堪收拾，桌也翻了，凳也倒了，壞盤碗盞碎了一地，有一匹狼死在門檻裡面，另外一匹和老黑倒在一起，從這種激烈咬鬥的情形判斷，可以推定至少有三匹狼侵襲這宅子，老黑就跟狼群咬鬥起來。三匹狼全死了，老黑渾身上下也都是傷，但還留有一絲奄弱的游氣，看見主人夫婦，還能無力的拍動尾尖，那意思是表示牠已經盡了死力。

「啊！老黑，孩子呢？孩子還在吧?!」

何嫂兒一傷心，就抱著老黑痛哭起來。

老何到處找孩子，誰知大呆和二呆卻在沒火的灶洞裡爬出來了，變成了兩個炭人。大呆說過當時的情形，說狼在屋外嗥叫，老黑便先把他們叼到灶洞裡，然後和野狼咬鬥，野狼多，老黑退進屋，野狼跟進屋來，咬鬥了老半天，連二呆都嚇呆了，哭不出聲來。

從那時起，濱湖一帶又多了一句俗語：「一狗能鬥三狼！」後來老黑並沒有死，但牠老了，也殘廢了，只能懶懶的躺在門口曬曬太陽。

奇怪的是，狼群有很久都不敢再接近老何的家宅，老狗雖已老廢，牠的威風仍在，足以懾服狼群，使那貪饞的邪皮子貨望之卻步。

總之，在人和狼的無盡衝突當中，彼此間又夾上各種情況不同的家畜，事件交織，很是複雜。人和狼為了剋制對方而爭勝，也都殫精竭慮，想盡方法，狼企圖擴展牠們的生存領域，但人類畢竟是萬物之靈，莫說大人，就連孩子，有時候也能捉得住狼。

孩子捉狼的事，也就發生在老何家裡，捉得狼的孩子，正是大呆和二呆兩個弟兄。鄉下人取乳名，總愛用「呆」呀、「憨」呀之類的字眼，以示淳厚，名字呆，人卻一點兒也不呆。

老黑老死後，老何在西王莊抱回一條小狗養著。那年大呆七歲，二呆也五歲了，兩個兄弟很喜歡聽故事，尤其喜歡聽人們如何捉狼的故事。屠戶老湯一向跟老何很要好，每回路過何家丁頭屋，都會進來歇歇腿，討點熱茶水解渴，順便跟大呆和二呆兩個孩子講些打狼的故事，這兩個被那些故事吸引得沉迷了，發誓說他們也要捉住一隻狼。

那年夏天，老何夫婦倆下田去打玉蜀黍葉子（玉蜀黍垂鬚時，黍葉太多，分散養分，必須除掉一些老葉，玉蜀黍方能多結實，增加收成，故除葉工作，為秋稼重要工作之一。），把兩個孩子和一條小狗留在屋裡，近晌午的時分，把孩子留在屋裡，照理說，應該不會有事的。

誰知天下事，偏有越出常理的，那天有一夥莊稼漢子，在一處高粱田裡發現一匹狼，大夥兒拾起鋤頭追逐了一陣子，沒有追著，狼又竄進青紗帳裡去了。

這隻野狼越過禾田，一走就走到老何家的丁字屋背後來了。在大白天裡，野狼是沒膽子侵入家宅的，但大呆和二呆兩個孩子，正在屋裡逗弄小狗，小狗被逗樂了，奶聲奶氣的吠叫著。這汪汪的嫩聲，使飢餓的野狼產生了興趣，牠聽了一會兒，決意攀到窗口看看動靜，假如有機會的話，能攫住一隻小狗當點心，壓壓潮，也是一宗美事兒。

大呆和二呆兩弟兄，在屋裡逗著小狗，玩得正起勁兒。二呆繞著桌子跑，小狗追逐二呆，汪汪叫個不歇，大呆追逐著小狗，也在汪汪的學狗叫，這時候，野狼已經人立起來，伸著腦袋，攀在窗口朝屋裡偷窺了。

老何因爲丁字屋太孤，所以門窗都做得很堅固，窗外加了一層木格扇，那隻狼很垂涎兩個孩子和一條小狗，但牠無法越窗而進，攫著這三個小獵物飽啖。一急之下，便從木窗格中，探進一隻前爪，等機會抓撈，因為，繞圈子的小孩每繞一圈，必定要經過窗口，也許一撈就撈著了，撕塊肉下來解解饞也是好的。

誰知狼爪剛伸進來，小狗就先看到了，牠停止奔跑，朝定一個方向怒吠著，大呆抬頭一看，對他弟弟二呆說：

「是野狼來了！我們捉狼玩吧！」

「好啦！」二呆說：「我去找繩子。」

人說：初生之犢不怕虎，這兩個孩子聽捉狼的故事聽多了，非但不害怕，反而滿腦子都存著捉狼的念頭。二呆跑去取來繩子，大呆打了個油瓶活扣兒，朝狼爪上一套，然後拉緊繩子，拴在立柱上，狼就縮不回牠的爪子了。

「我們把牠捉住了，」二呆說：「又該怎麼辦呢？」

「這樣吧！」大呆說：「湯老伯留個袋子在門後，你去把它拎來。」

二呆把屠戶老湯寄放的袋子拎來了，裡面有刀，有捆豬繩，有刨豬毛的刨子，還有一支殺豬時吹氣用的吹管，大呆看了，眼睛一亮，出了個主意說：

「這吹管能吹豬，不知能不能吹狼？」

「管它呢！」二呆說：「拿刀把狼蹄割個口子，把吹管插進去吹吹看！」

大呆果然拿刀把狼蹄上方割了個口子，把吹管插進去，鼓起腮幫，用力吹起氣來了！

可憐那匹野狼，做夢也沒料到，平白的會栽在這兩個孩子的手裡。牠的身體被阻擋在木窗隔扇外面，一隻伸進窗子的前爪，被繩索的活套套住了拖不回來，另一隻前爪，要搭在窗台上，支撐牠人立起來的身體，那支吹管插到牠的皮下去，大呆每吹一口氣，牠就覺得皮和肉逐漸的分家，疼得牠把牙齒抵在窗櫺上，不住的慘嗥。

在禾田裡打葉的老何夫妻，大白天聽見狼嗥聲，丟下籮筐，沒命的朝回跑，生恐孩子吃了狼的虧，等他們跑到家，那匹野狼已經被大呆吹胖了！

時間綿延著，人和狼的故事，是永也說不完的。當然，在眾多人與狼的衝突中，人們佔了很大的贏面，但這並非意味著征服，至少，人類離征服狼群的日子，說來還很遙遠。人們即使能夠征服外間有形的狼，但每個人的心裡，總蹲踞著一匹無形的野狼，牠的影子常化成人的影子，直到如今，人們對於狼的認識，還不是全般的。有月光的夜晚，狼群常聚在高處，人立起來，對月嗥叫著，誰能聽得懂，在那種原始，神秘，尖厲綿長的聲音裡，究竟包含著一些什麼？而人和狼的分際又在哪裡？

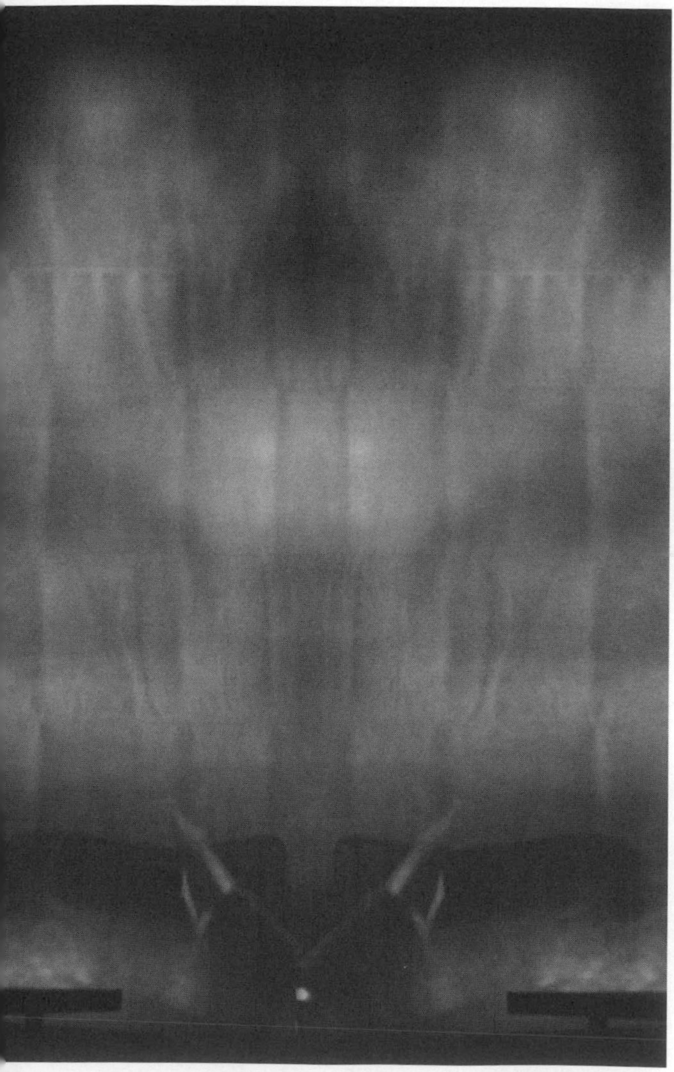

打鬼救夫

人說世上三樣寶：黃金、白米、少年妻，姚老七這一輩子忙忙碌碌，前兩樣沒有忙到手，到了衣破無人補的辰光，卻娶到了一個模樣兒上得畫的老婆。三樣寶只有這一寶在家，怎怪得姚老七變成了低頭看飯碗，抬頭看老婆的那種人呢？

姚老七在鎮上算是貧寒人，後街小巷裏有三間小茅屋，還是祖上遺留下來的產業，多年沒修整，土牆裂了縫，顯得有些東倒西歪，一張紅漆剝落的舊木床，論年紀，要比姚老七大得多，他就是在那張老床上出世的，三間屋的後一間是灶房，屋子那樣的低矮，使紅臉的灶王老爺猴坐在樑頭上，中一間是臥房，除了一張用來生兒育女的光板床，再沒有其他的家私了，前屋裏拴著姚老七的那匹寶貝驢，姚老七自己成了家，那匹叫驢還在打著牠的光桿，那黑不溜丟的玩意兒伸尺把長，壓根兒派不上用場，但那滿屋子的驢騷臭，能使重傷風的人也照樣捏鼻子、打噴嚏。

以這樣一個苦哈哈的驢馱販子來說，能娶著一朵花似的新娘，鎮上人不能不駭怪的嘲說姚老七走了驢頭運了！也有人有些妒忌，說是：命歸命，運歸運，天生的窮命，有運也站不住，不定哪一天，會把嬌花弱柳似的新娘子硬給餓跑掉。

儘管姚老七不是個拿得起放得下的漢子，對於他自己的老婆姚七嫂，卻是放一百二十個心，旁的不敢說，老婆是決計餓不跑的。

夫妻兩人的生活用度，全靠姚老七的那匹寶貝毛驢兒，他用牠跟人合夥馱糧買賣，一趟糧走下來，好歹也能賺它三幾塊錢，驢要是在家閒著，姚老七就會把牠租出去，爲人充短程腳力，或者爲人拉磨子，驢雖說上了些年紀了，兩眼淚糊糊的，又板了腰，但則幹起活兒來，依舊勁道十足，頗有老而彌堅的意味。

「到底牠是童身，實心的軸兒，才會這麼結棍法兒！」每當姚老七跟人談起他的寶貝驢，他就禁不住的替驢說話：「假如成天跟草驢（母驢）混在一堆，三掏弄兩掏弄，管保牠就軟了腿，再沒這麼硬棒了！」

人不知己短，驢不知臉長，他姚老七同樣是有嘴說毛驢，沒嘴說自己，打光棍的時刻，成天跟在驢屁股後頭，走南到北的販糧，驢蹄在沙路上打下一千個印兒，當中就有五百個是姚老七的草鞋印子，算他那等起五更睡半夜的辛勞，姚老七也還筋是筋肉是肉的保定了他的老本，等到水花白淨的姚七嫂一進門，姚老七實心軸兒變成空心竹兒，光景就大不如前了；姚七嫂進門剛滿十八歲，不知利害，任姚七祈風就是風，祈雨就是雨，姚七也是不自量力，貪戀著被溫枕軟，夜夜跟新娘子糾纏，過沒多久就虧了大本錢，兩眼窩青黑下陷，開口就是呵欠，常常舉手搥腰，走路兩腿發飄，連跟驢也跟不上了。

若他姚七是個財主老爺，老本貼出去也無妨，只要肯花錢下補，買幾付由海狗、鹿鞭、參茸之類藥物搓成的大補丸吃吃，也許就九九歸一還了原，把骨髓裏的空洞塡補起來；正因姚七不是那樣人，整天窮勞碌，加上夜夜睡不足，歡樂有心，進補無力，人也就像吊在簷口的風雞，日漸乾癟起來。

姚七雖說虧損了自己，沒有功勞有苦勞，沒有苦勞有耐勞，他這樣鞠躬盡瘁，新娘子當然會對他另眼相看，夫妻兩人的恩愛自是不在話下了。難就難在光靠一匹毛驢賺錢的人家，姚七不能總窩在洞房裏，長年久日的安享那份春暖，販糧回家，原有戀床戀枕的意思，但那些該殺脖子的公雞，常在天不亮就捱了刀似的窮叫喚，把他攆到外頭去餐風飲露，新娘子要吃飯，姚七只好委屈點兒，爲積賺幾文錢喝風。

說是辛苦，比往常更要辛苦，但姚七賺的錢卻越來越少了，有句話他悶在心裏，一直不願意說出口來，——毛驢硬是老了，上路時腳程太慢，馱糧的斤兩也比早年差池了很多，老叫驢脾氣拗，常愛無緣無故的打蹶子，把人摔下地來，凡是受過牠的罪的人，再也不敢租牠當短程腳力，加上牠專愛在上磨時停下腳偷吃麵粉，旁人也不願牽牠去上磨磨糧，這樣一來，使姚七只有暗中著急的份兒。

「嗨，那天我能有錢再添一匹驢，日子就會好過得多的。」他不止一次暗暗的跟他自己說：「爲錢豁命，把老婆冷落在家裏，總不是妥當的辦法！」

姚七嫂倒是七孔玲瓏的人，即使姚七沒開口，她也從對方的眼睛眉毛上，看出他心底下的意思，有一天姚七牽驢出門時，她跟他說：

「你近時臉黃肌瘦的，身子很虛弱，一個人成天在外奔波，也不是一回事兒，這樣苦下去，哪天能買一匹壯實的牲口來替換毛驢？……打明兒，我打算替人做點兒針線活計，多少貼補貼補，談不上有什麼大用，至少能讓你輕鬆些，多在家養息養息。」

「這樣就太好了！」姚七興奮的說：「我也正愁著毛驢老了，想另買一匹驢，手邊又缺錢，妳要能賺錢，咱們就合力多賺些兒，早點把驢給買回來。」

十個人算賬，九個九都撥的是如意算盤，姚七人在興頭上，哪會想到日後算盤不打算盤來呢？爲了多積賺些錢在手上，姚七豁著命苦了一春，姚七嫂接了針線活回來做，又繡枕，又描花，她的心靈手巧，各式針線做得極爲細緻，一季活做下來，也真積了些錢，夫妻兩人計算又計算，積下來的錢快夠買一匹驢的了，誰知姚七最後一趟出門時，弄出岔子來，使他買驢的事成爲泡影。

岔子實在也算不得岔子，一群馱販上路，走至前不巴村後不巴店的野路上，突然的天起曇雲，來了一場瓢澆似的大雷雨，路邊連棵能藏身躲雨的樹也沒有，雷轟轟電閃閃的，毛驢兒嚇得尿屎屁流，人叫雨水淋成落湯雞還不要緊，驢背上的米糧泡了湯，老本全都下了水啦！——哪家糧舖肯收浸了水的糧呢？

雷雨落得並不久，可是人和牲口都溼得像剛淌了河似的，一夥人想著天，咒著雨，趕驢走了三四里路，才接上一座靠路邊的村子，向村頭的人家借屋歇下來。

經過這場雨，袋裏的糧食完了，不消三天兩日，準會生霉發芽，旁人只是窮抱怨，姚七卻鬱抑著一心的火，裹著溼衣回到家來，人和驢都受了寒，同時生起病來了。

姚七吃的是五穀雜糧，按理說，難免遇上點兒疾病災殃，最先以爲是淋雨受寒，熬了碗薑湯一喝，大被蒙頭睡它一場就會好的，誰知寒熱大作，竟打起瘧疾來了！

要是普通的隔日瘧，姚七嫂也不會心驚肉跳的窮擔心，偏偏是最厲害的三日瘧，一陣寒起來，躺在床上的姚七直能抖散了骨頭，那張老木床叫他弄得咯吱咯呀的響成一片；一陣熱起來，滿頭滿臉紅得像炭火，渾身汗氣蒸騰，一屋子全是汗腥味兒。

「你定是在路上遇見瘧疾鬼了，」姚七嫂憂心忡忡的說：「就叫它這麼纏下去怎麼成呀？」

眾口鑠金的傳說，都說三日瘧是有瘧疾鬼作祟，姚七也不能不相信這個，傳說告訴人，患了這種鬼作祟的三日瘧，要是燒了紙，化了箔，鬼還纏著人不肯離身的話，那就得在瘧疾發作前夜，悄悄的離家，逃到別處去，有人揹著一袋子柴灰，患瘧疾的前腳走，旁人後腳跟著，把柴灰抓來撒在他走過的路上，說是蓋起病家的腳印子，鬼就不會找著他了。

「妳要是放不下心，就先買份紙箔燒一燒，好歹禱告禱告。」姚七說：「實在不成，我再去躲鬼。」

姚七嫂也買了紙箔，在門前燒化過，誠心誠意的禱告過，三天之後，瘧疾鬼照樣入宅，附在姚老七的身上，寒過了，熱過了，人就好像是蒸籠上溜過的捲子，透鬆透軟，虛得沒有半點兒力氣。

「這鬼敢情是個貪心鬼，收了人家的錢財，還是一味歪纏不離身。」姚七嫂說：「看樣子，你不能再磨蹭，必得要躲一躲了。」

不但躲沒躲得掉，幾乎所有聽來的辟邪的關目全做過，姚老七的瘧疾仍不離身，血肉之軀哪經得一冷一熱的窮打磨？半個月熬下來，人就叫磨折得不成人形，只落一身皮包的骨頭架兒了！

病人躺在天井裏的繩床上，半張著嘴，像一條離了水的魚，上午冷，下午熱，直至傍晚熱退了，才勉強能進一口茶水，好漢單怕病來磨，秦瓊一病還賣了黃驃馬呢，何況乎姚七這樣的小人物？

眼望著頭頂上的天，天是高的，雲是遠的，無數青黑青黑的金星子在空裏游舞，姚七的兩眼就淒淒的潮溼了……回望床沿坐著的姚七嫂，他虛飄飄的腦子便禁不住的想到生離死別上頭去，猛然間，像被人兜著心窩澆潑了一盆涼水，使人的骨頭縫裏都結了冰渣兒。

我可不能這樣的撒手，把她孤伶伶的扔在世上。姚七這樣胡思亂想著，恨透了這纏人的瘧疾鬼。說恨也是空恨，你恨著他，他卻纏著你，姚老七可再也拿不出什麼好法子來逐鬼了。

瘧疾在身上一拖兩個月，瘧疾的肧塊在姚老七的肚裏腫脹變硬，人的精神也變得恍惚昏沉了，姚七嫂不死心，把那匹病驢賣給東街賣驢肉的祁五，換錢請了巫人，燒起紅紅的炭火，咚咚的擂著狗皮鼓，把病體支離的姚七從繩床上拖起來，指著人的鼻尖兒審鬼，用燒得通紅的火筷兒烙他的額頭，用桃樹枝和菖蒲劍抽打他骨稜稜的脊背，一直抽打到皮膚發青發紫，好像這樣就會把瘧疾鬼打跑，永也不敢再進門了。

說來也真怪的慌，一打一鬧的行了鬼關目，姚老七居然有幾天清醒過來，——雖說是很疲弱的那種清醒。

「我不知是怎麼弄的？日夜全在騰雲駕霧，」病人兩眼無神，不停的喘息著說：「撥不開的雲和霧，把我裹托著，一會兒飛進冰谷去，一會兒又飛過火燄山……」

「你忘記了？」姚七嫂抓住瘦得像雞爪似的丈夫的手，噙著淚說：「那是瘧疾鬼在你身上作祟，拘著你，魘著你，造出來的幻境，……那全不是真的。」

病人的兩眼彷彿轉朝著她，眼瞳的光是分散的。

「不是真的？誰說不是真的?!」他說：「我走過爛泥滑踏的黃泉路，沒天沒日的，冷雨絲絲，打得人瞇起兩眼，陰風打黑山岩洞裏朝外吐，吹得通體陰寒，……鬼門關是一座光禿禿的黃泥崗子，柵門邊坐著頭生兩角的鬼王，背後站著耳迸紅毛的鬼卒，一見著我，就抖著鐵鍊，揚著響鈴的鋼叉，喊叫說：

『怨不得三番兩次去他家沒捉著他，姚七的魂靈原來飄盪在這兒，正好把他拏下！』

我一嚇，掉臉就朝回跑，雲霧封住人兩眼，單聽耳旁呼呼風響，一腳高一腳低，幾次摔得我渾身泥污，好不容易奔回來了！」他粗濁的喘息說：「可累死我了！」

姚七這麼一說，可把姚七嫂嚇得差點吐出心來，好端端的一個人，走霉運遇上瘧疾鬼纏身，業已把家裏的錢財花盡，連那匹賴以爲生的病毛驢也賣掉了，實指望丈夫能好起來，即使日子過得艱難，前頭還有一分巴望，俗說：留得青山在，不怕沒柴燒，哪知道陰司的鬼卒也要拏他，難道三十幾歲的人，天年就這麼短？會在眼下就抛別自己，一命歸陰?!

「啊喝，親人……」她咽泣說：「怕不是你昏迷不醒做的噩夢罷？甭這樣的嚇我……你說說，陰差怎會平白的要拏你來？」

「我……我怕不成了！」這是姚七在清醒的辰光說出的一句實話，過後，人就瘋一陣傻一陣的胡亂了。有時候，他大睜兩眼，說是有兩個拖著鐵鍊拎著鐵鎖的陰差，蹲坐在樑頭上等著拏人，有時他說橫樑上有小鬼騎驢過路，撒下沙灰迷住他的眼。正因他是瘋瘋傻傻的病人，姚七嫂不能不在一邊敷衍著他，手裏抓著雞毛帚兒，姚七的手朝哪邊指，她就跑過去，用雞毛帚兒朝空裏亂揮亂舞一陣，哄他說：

「好啦，好啦，你閉上眼睡罷，小鬼不是叫我打跑了嘛！」

「打跑了有什麼用?!他們會再來的，」姚七像女人一般，軟弱的哭泣著說：「他個是奉了閻王指使的陰差，腰裏別著四四方方的拘魂牌子，牌子上寫的是姚七的名字，閻王注定三更死，誰能留到五更天？」

對著這樣的病人，年輕的姚七嫂也寒了心，她弄不懂姚七真的是身子虛弱，頭頂上的火燄太低，小鬼真才來找上了他？還是他這多年來，神奇怪異的傳說聽得太多，平常心裏堆滿了那些駭怪的傳聞，一旦病得重了，疑心生暗鬼，才會吐出這些言語來？……無論真也罷，假也罷，這三間茅屋裏，只有她一個人，成天陪伴在病人的身邊，白天聽他說鬼話，還不覺得怎樣，一到夜晚，油紙窗外壓著黑暗，屋裏的小燈熒熒的，聽他說著鬼，自己覺得又害怕，又孤單。

秋來天轉寒了，姚七的病況毫無起色，姚七嫂的娘家爲救姚七這個女婿，車也推，驢也馱的送了幾次糧來，好在糧價昂貴，糶出一些糧去，姚七嫂的手邊一時還不缺花銷。

一個秋雨連綿的夜晚，臥床很久的姚老七又破例的清醒過來，眨動眼皮向姚七嫂討稀飯吃，她有些意外的驚喜，跟他說：

「今夜你是不是覺著好過些？」

「好過並不好過，」姚七噓嘆說：「只是鬼在窗戶外頭不得進屋，略爲能透得出一口氣來罷了。」

「敢情是門神老爺擋了駕，沒讓他們進屋來？」

姚七搖搖頭說：

「門神只擋一般的鬼魂，不擋別著拘魂令的陰差，適才兩個鬼眼灼灼的鬼卒，頭伸在窗台上，恨聲的朝我喊說：

『姚七！姚七！你甭想用你老婆的穢物擋在門上，死皮賴臉的拖延，閻王爺點卯你不到，刀山油鍋那種罪，有你受的……。』……

我憋住氣不敢吭聲，兩個鬼又說：

『姚七，姚七，算你狠，下個月今天我們再來，你是拖得了，跑不了。』

我也不知道妳拿什麼穢物擋住門了？」

姚七嫂啊了一聲，這才想起來，外面連陰天雨不好晾衣裳，她把小衣晾在房門外的繩上，鬼說的穢物，敢情就是那個了！

她轉身把小油盞裏的燈芯草朝上剔了一剔，眼望著姚七那張瘦削的臉，一心充滿了悲切的情意；在她所聽過的若干傳說裏，陰司並不是那麼廉明，有人買通判官，把卯簿上他的名字撕下來，捻成釘卯簿的紙捻兒，那個人就是活了八百年的彭祖，也有人用冥紙賄賂陰差，減免陰刑，少受磨折之苦，姚七是個苦哈哈的馱販，娶親不久，又沒得子女，三十來歲年紀怎該就撒手歸陰來著？許是判官老爺喝多了酒，勾錯了卯簿，她不能眼睜睜的讓鬼卒拘走自己的丈夫。

「我不能讓你死，」她哭說：「姚七，你若有三長兩短，留我孤伶伶的一個人在世上，兩眼漆黑的，怎麼活得下去?!」

「嗨，世上事，由天由命不由人，」姚七又搬出那種死心塌地認了輸的老話來說：「妳一個年輕的婦道，哪能有塌天的本事？能扯得轉命運的?!……我好歹只能活一個月了，妳盡力替我打點後事罷，能買得起薄皮棺，就買薄皮棺，買不起薄皮棺，就買幾張蘆蓆來也使得，我死後，妳身邊沒兒沒女的，也不必爲我守，收拾收拾回娘家去，找個人再嫁，也就罷了！」

「我看你是被瘧疾鬼磨倒了，」姚七嫂怨說：「好不容易醒轉來，一開口就講這些不吉利的話。」

「不管妳信是不信，」姚七求告說：「妳替我準備著沒有錯，到時刻妳就知道了。」

「我偏不相信，」姚七嫂橫著心說：「哪怕爭到閻羅殿上去，我也要把你拖回來！」

「妳真是個賢妻！」姚七擠著淚說：「我何嘗想死！」

氣話到底只是氣話，姚七嫂並沒有那種本事，能把病入膏肓的丈夫硬留在陽世上，一個同樣是冷冷蕭蕭的夜晚，正是鬼卒所說的一個月的限期到了，她把小衣和月信帶兒全掛在房門上，硬想擋住前來拘魂的陰差，不過這一回也許是拘令急追，受差的鬼卒怕拘不著陰魂，回去要挨板子，門被擋著不能進，兩個小鬼便急中生智鑽了貓洞。

姚七嫂坐在床沿上守著丈夫，守至三更睏盹了，剛剛垂頭打了個盹，就聽姚七叫了一聲，嘴角溢出一縷血，她急忙搖著他，再喊也喊不應了！

黑漆的薄皮棺放在前屋當央，姚七被裝進棺裏去，這使年輕輕的姚七嫂兩眼裏的日子也全變成了黑的，還算姚七在世時爲人和睦，很得人緣，左鄰右舍和他那些馱販朋友，都紛紛得訊趕了來，幫著姚七嫂料理。

姚七嫂再是精明強悍的女人也不成，昏天黑地的悲哀，業已把她完全壓倒了，姚七裝棺入殮時，她雙手撲著棺頭，前額敲撞著棺板咚咚響，口口聲聲喊著姚七的名字，仍說非讓他活回來不可！

鄰舍把她攙扶到後面的靈堂去，她坐在地上，拍著身下的蘆葦，青天皇天哭得不住聲，這樣整整哭了一天一夜，暈去醒來好幾遭……。

粒米不進的整天號啕，兩眼紅腫得像胡桃核兒，嗓子也全叫啞了，旁人苦勸說：

「七嫂，妳怎麼這樣的傻氣呀？人死了，不能復生，妳就把眼淚哭成河，一樣沒有用處的。」

姚七嫂不理會這些話，還是抹著腳脖兒哭。

旁人又拿話試勸著說：

「是不是姚七哥他走得太急迫，有些話當講沒能講？那只好等著陰陽先生卜定回殃的日子，妳再跟他見一面，如今他陰魂被拘，這裏只有空尸殼，妳再哭說千言萬語，他也是聽不到的。」

七嘴八舌，說好說歹的，又苦勸了老半天，好不容易才勸得姚七嫂收了淚，她想起回殃——這唯一的機會來。

在鄉野上的人，大都循著多年流傳的老習俗辦事情，人死後停靈在宅裏，多半等著出殃之後才出殯，也有些人家死了年輕力壯的當家主兒，親人仍盼人死後能夠活轉來，不但停靈在家，還把棺蓋虛掩在棺材上，遲遲不封釘（**均為木釘，因棺材上不可用鐵。**）等到回殃時碰機會。

殃，又叫做煞，一般說來，並不是吉利的東西，姚七嫂自幼就曾聽人多次傳講過，說：殃是死人悶在心裏的一口活氣，含著生人的精魄在，這股氣透出尸身，化成一股陰風，誰要碰巧被殃風掃著了，掃著腿，腿就癱，掃著眼，眼就瞎，掃著嘴，嘴就歪，（**即如今中風，腦溢血等病症。**）這股殃風離體後，下到陰司，合上亡魂，還要再回到自家宅裏來，這就是回殃了。

關於出殃和回煞，她聽過的傳言是紛紜的，有些人家兒孫多，死了老年人，不盼著陰魂回家亂摸弄，讓陰氣犯著孩子，往往在看陰宅（選擇墓地）的時辰，選在偏遠的地方，最好隔著一條河，因爲傳說裏，鬼魂最害怕過河，假如沒船沒渡，它是過不了河的，一般的鬼魂想過河，要等著陽世的擺渡船起篙，它找著個女渡客，變個蜘蛛、螞蚱、蒼蠅、蛾蟲之類的東西，躲匿在那女渡客的小襟上，讓人把它帶過來，否則河神會攔路。

過了河回到家宅又怎樣呢？屋前有門神擋著駕，窗口都張著魚網，只能繞宅逡巡一番，黯然神傷的離去。陰魂也知道，如果進宅去，這邊摸摸，那邊看看，摸著觸著什麼，家裏犯陰不吉，日後會柴不經燒，米不經吃，它可不願意這樣的坑害兒孫，讓他們活在世上遇霉運，過那種忍飢熬寒，受苦受難的窮日子。

另一種傳說不是這樣，說是亡靈進屋來，如有親人行關目妥爲接應，躺在棺材裏的死人，仍然有還魂再活轉的機會，如今她就等著這機會……。

出殃是在頭七，回殃的日子是在二七的頭一天夜晚亥時初刻，陰陽先生早已卜算妥了；姚七嫂心裏有數不吭聲，鄰舍的老婦以爲她年輕不懂得，告訴她說：

「七嫂，明晚上死鬼出殃，殃風獵獵的，左鄰右舍都得關門閉戶避著它，這宅裏就只留妳一個人了，有梯子，妳豎一隻梯子，沒梯子，簷口也得靠一根晒衣的竹竿兒，引著殃風上屋頂，打高處離家，……棺尾的命燈，盞裏多添油，多放燈芯兒，要剔得高高亮亮的，陰魂在黃泉路上，好歹有盞燈，照著它前面的路眼兒；棺前供的倒頭飯，也得留神看守著，甭讓雞貓狗鼠沾著，陰魂上路前來用點點心，上山爬坡好添力氣。」

「這些我曉得了，大娘。」

「妳曉得就好，」老大娘說：「一個人留在宅裏守著靈柩，妳可甭駭怕，殃風雖烈，是不犯親人的。」

「大娘妳放心，」姚七嫂說：「我不會駭怕的。」

出殃那一夜，姚七嫂一個人守在棺旁，門口的廊簷下靠了一支竹竿兒，命燈也剔得亮亮的，她想著死鬼姚七和她在貧窮困頓日子裏互相廝守的恩情，淚汪汪的，由天黑哭泣到起更。初更尾，二更頭，她正要打睏盹，就聽見黑漆棺材裏彷彿有了聲音，死人像是打了一個呃，接著又放了個響屁，一陣陰風便由棺裏掃出來，把命燈逼得黯沉沉的，燈燄縮成豆粒大，鬼氣森森泛綠光；那股陰風繞著她，戀戀不捨似的旋轉了三圈，旋得棺前焚化的紙灰飄漾飄漾的，一直飛昇到樑頂去。

「姚七姚七你聽著！」姚七嫂對著旋轉的陰風說：「你下陰司，早去早回家，我在回殃的日子等著你，要是不能拖你還陽，就讓我一頭碰死在你的棺頭上，跟你一道兒下陰司見閻王去，看他有多少鬍子我拔不掉他?!」

經她這麼一禱告，那陣陰風的溜溜的旋出門，順著竹竿兒爬上房簷，走掉了。

從出殃到回殃，按照陰陽先生算妥的日子，中間只相隔兩天，這兩天，姚七嫂一個人夠忙碌的，按照傳說，殃鬼回宅時，前後都有惡形惡狀的陰差鬼卒押解著他，即使能進宅子，停留也有一定的時限，時限到了，陰魂還戀戀不捨的拖延，陰差就會抖動鐵鍊，硬拖陰魂離宅，走得慢一點，鬼卒就會用紅頭的黑漆棍打陰魂的脊梁蓋兒，對於這些陰差，必得要設上各種酒果供物，小心的款待它們，另外還得多燒些金元寶、銀錠兒、大把的冥紙，讓它們撈些外快，得些油水，這樣，它們光顧著吃喝分錢，陰魂才會在宅裏多留一些時辰。

她請隔壁的老大娘來幫她做供品，那老大娘告訴她說：「七嫂，妳還得買隻雞蛋來，煮熟了，剝了殼，把它塞進酒壺裏去。」

「這是什麼關目啊？」她說：「早先我倒從沒聽人說起過呢？」

「嗨，那些陰司裏來的陰差鬼卒，有幾個不貪杯的？」老大娘說：「它們進屋來，一定先擁上來搶供物吃，……一抓起酒壺喝酒，發現壺心裏有個蛋，妳想罷，好多隻鬼爪兒都朝壺口裏伸，想搶撈那隻滑溜溜的煮雞蛋吃，它們可不知道：鬼爪兒儘管很尖，壺裏那個蛋可更滑，壺口太小，任它們抓撈多少次也抓撈不上來，……又要抓蛋，又怕潑了酒，那只好先喝掉壺裏的酒，這樣，幾個小鬼頭蛋沒吃著，酒卻喝了一肚皮，醉鬼好打發，妳跟姚七哥也好多聚幾個時辰啊！」

姚七嫂點點頭說：

「這真是個好主意，大娘，爲了多灌小鬼幾壺酒，我不妨多借幾把酒壺來，多煮幾個蛋塞進酒壺口，任它們搶，任它們撈去。」

那老大娘癟著沒牙的老嘴，認真想了一會兒，猛可的想起什麼來，又瑣碎的交代說：

「七嫂七嫂妳聽著，陰魂返宅，不進正門，因有門神老爺擋著路，它打高處走了的，也會打高處回來，妳得請紮匠店的紮工，用蘆柴桿紮成一架五色長梯，放在灶屋裏的煙筒裏，煙筒口兒上插一把蘆葦花做記號，陰魂見著了，自會打煙筒口順著長梯進屋來。……怎知陰魂進屋呢？妳怕肉眼見不著，不妨備些柴灰，從灶口一路鋪撒到紙牌位前面，灰上要是有腳印兒，那就是陰魂進了宅，這妳要還是信不過，那妳不妨提起耳鍋來看看，——陰魂一進宅，它就會在耳鍋底下畫個圓圈兒，早先也不知道有多少戶人家拎起耳鍋查看過，屢試不爽的。」

姚七嫂出神的聽著，這些事，她有些聽說過，也有些沒聽說過，但都逐一記在心裏。

「還有一宗要緊的事，看我罷，真是人老記性差了，差點兒忘了告訴妳啦。」老大娘說：「妳千萬記清楚：陰魂進宅，它總會變個什麼東西，像雞啊，鼠啊，小奶豬啊之類的活物，有時它會變個蛾蟲繞著妳手裏的燈盞飛，有時它會變個小甲蟲，落在妳的帳沿兒上，——但凡腳下沾有柴灰屑兒的，一定就是姚七哥變的了！」

「我記著了，大娘。」姚七嫂說。

「光是記著了還不成，」老大娘說：「妳得設法把牠給捉住，用穢物一掩，

讓牠不能再變化，然後，妳若能有本事鬥得過那些陰差，撬開死人的牙關，把活物塞進他的嘴，死人得了魂魄，自會還陽的，這事十有八九不定能成，單看妳有沒有造化了！」

「大娘，妳不必去跟旁人說起，」姚七嫂順手翻過一隻茶碗，怕陰間的鬼卒聽去秘密，然後她壓低聲音，悄悄的附在老婦人的耳邊說：「我正準備著試試看呢！」

回殃的那一天，有個挑擔子賣碗的打從門前過，姚七嫂叫住他，花錢買下他兩挑子碗，一疊一疊的放在靈堂裏，外間上了全供，杯盤碗筷擺得整整齊齊的，等著那些如狼似虎的陰差進宅來大啖。

五色長梯也已在煙筒裏搭妥了，煙筒口的大大白蘆葦花，在秋風裏招搖招搖的飛舞著。

連陰雨後的仲秋，天色很晴朗，但仍阻不住西風帶來的那份秋寒，姚七嫂在晌午過後，就早早的閉上門戶，獨箇兒踡縮在靈幃裏睡了一覺，直到黃昏日落時分才醒轉來，蓄足了精神，打算通宵不寐的鬥一鬥那些陰差。

十三四的夜晚，新月欲圓沒圓，天黑不久就低壓在屋簷上，窗口裏，透著一方清清冷冷的月光。姚七嫂打鬼救丈夫的心意是有的，成不成卻沒有一絲把握，她只是一個嬌姿弱質的年輕婦道，孤伶伶的沒有任何援手，除了她剛買下來的兩挑子碗盞，單只有一支拖著紙穗兒的哭喪棒抓在手上，她就這樣的等待著。

黑夜像洪水似的湧漫上來，風在簷前打起胡呼兒，沉沉寂寂的，過不多久天就起了更，姚七嫂把手裏的哭喪棒攢得緊緊的，兩耳仔細聽著屋子裏的任何輕微的動靜，……一隻光頭油葫蘆蟲兒，在灶壁的夾縫裏吱啦吱啦的唱著秋歌，一隻偷油的小老鼠聞著供物的香味，躡著腳跑過她頭頂上的橫樑，風的牙齒很尖，但總啃不動掛在前屋簷口的光滑的乾葫蘆，只撞得那隻葫蘆叮咚叮咚的碰著土牆，被風捲來的落葉，偶然打在油紙窗上，像是鬼爪兒抓什麼東西似的，窸窸窣窣響個不停……。

二更天，正是回殃的時刻，一陣冰寒透骨的陰風從灶洞裏吹出來，這股子風貼地溜，把原就鋪撒在地上的柴灰吹得飛揚起來，也許她又覺得有些睏盹了，恍惚聽見風裏夾著鎖鍊兒拖地的聲音。

「來了！來了！陰差鬼卒鎖著我丈夫的陰魂，順著煙筒裏搭妥的長梯進屋來了！」

姚七嫂的心裏，響起這麼一種警告自己的聲音。

她一些兒也不敢怠慢，端著燈跑到灶房裏去，拎起耳鍋一瞅，喝！就在鍋底的正當中，明顯顯的留著一個用手指劃出的新印兒，那確是死鬼姚七回家的記號。……她又端著燈，順著一路舖撒的青灰照著，青灰上面，也有一路鐵鍊子拖出來的痕跡，和雜亂無章的鬼腳印兒。

等她回到靈堂放下燈，那些窮凶極惡的陰差鬼卒，敢情已像一群饞狼餓虎似的，攫著供品啖開來了，隔著一層布幔子，那邊的杯盤碗筷連聲響，酒壺裏塞進去的煮雞蛋，上來下去的打著咕嚕……

「讓你們這群鬼東西先盡情吃喝罷！」她心裏話：我得趁這個機會，把姚七陰魂變的活物找到，要不然，沒法子把死人弄還陽，灌醉這些小鬼也是空的。她這樣打定主意，便悄悄的移著燈，在靈位附近，牆根屋角，房裏各處陰黯的地方，逐一點看起來。

正在焦急的時辰，忽然看見一隻拇指大的綠甲蟲，不知打哪兒展翅飛到靈堂裏來，牠最先落在姚七的牌位上，又飛過來，兜著姚七嫂繞圈兒。

「姚七，姚七，」她悄聲唸說：「是你變的綠甲蟲，你該聽見我說的話，要是聽見我說的話，念在我們夫婦一場的情份上，你就落到我的掌心來罷！」

說來真夠駭人。她剛剛朝半空伸出手，那隻綠甲蟲把柔軟的雙翅一斂，碧綠的硬翅一闔，真的落到她的掌心來了！

姚七嫂驚駭得有些打楞，仍然信疑參半的說：

「姚七，姚七，綠甲蟲要真是你的亡魂變的，你就聽我的話，繞我掌心轉三圈，把頭點三點。」

那神秘的綠甲蟲硬是聽得懂人言，照著姚七嫂的話，在她掌心繞了三圈，把頭點了三點。這一回，姚七嫂完全相信這隻綠甲蟲就是她丈夫姚七陰魂所變的活物了！她忍不住的把牠捧到燈前，仔細的端詳著。

那隻綠甲蟲的腳爪上，真的沾著好些柴灰屑兒，兩條前腿和兩隻後腿，都有明顯的傷痕，想來是被陰差用鐵鍊子鎖磨出來的，這使她想起做丈夫的姚七，生前爲支撐這個破落傖寒的門戶，養活自己的妻子，成天起五更睡半夜的，跟在驢屁股後頭討生活的那種辛苦，在世爲人苦著，還爲前頭有巴望，誰知死到陰間，還要忍受這些小鬼的折磨？她一面傷心的流著淚，一面暗恨的咬著牙，取過準備妥當的月信帶兒，把那綠甲蟲一掩，那甲蟲便渾身挺硬的不再動彈了。

辦完了這件事，姚七嫂的心神略爲定了些，她知道，今夜就算它陰差鬼卒再有多大的能爲，也無法把她丈夫姚七的陰魂，從她手裏奪走了。

她喘了一口氣，看看窗口的月光影子，天約莫已過了三更，孝幔子那邊，鼾聲呼呼的，像是鐵舖起火時所拉的風箱，——單差啪躂啪躂的木板響。

好呀！她心裏話：饒你是一窩精靈鬼，貪杯好吃把你毀，一心想撈壺中蛋，吃了你老娘的洗腳水……如今就讓你們趴在供桌上做大夢罷，等到你們醒了酒，只怕快到雞叫大五更的光景啦！

她先把綠甲蟲揣在懷裏，到了灶房去，把搭在煙筒裏的長梯給折毀掉，斷了小鬼的退路，又架起柴火把鍋灶燒得熱熱的，煮沸了一鍋水。

天到四更尾，供桌上的那窩小鬼醒過來了，雞毛鬼叫的，又嘈嚷，又喳呼，口口聲聲要姚七嫂交出死鬼姚七的陰魂。

「天下若有這等便宜事，」姚七嫂喊說：「連我也不要做活人，花錢要閻王爺那兒討份陰差當當了！又吃我的酒，又拿我的冥紙錢，壓屋還想翻臉耍賴嗎？」

「這可不成，七嫂子。」一個鬼氣的聲音說：「陰魂要不到閻王那兒應卯，上面責怪下來，咱們全得脫屁股挨板子的。」

「那活該！」姚七嫂說：「你們皮厚肉粗，多捱幾板子不要緊，只當抓癢的。」

「這婆娘蠻不講理，」另一個醉呼呼的聲音發出恫嚇說：「乾脆把她鎖了去見閻王爺算了！」

說著，看不見的鐵鍊子在半虛空裏抖得叮噹響，硬有逞強施暴，撲過來拿人的樣子。

誰知姚七嫂得理不饒人，抓起一隻碗，猛力的凌空飛砸過去，嘩朗一聲碎在牆上，她咬牙切齒的叫說：

「你們這窩鬼東西，要上全上罷，我今夜豁著命跟你們拚了！」

好在她有兩挑子碗，攖著一陣猛砸，宅子裏的地方小，沒有什麼騰挪躲閃之處，她這樣稀哩嘩啦的砸著，有一隻砸在鬼身上，小鬼就尖叫得像是狼嚎，她順著嚎叫的聲音，抓起哭喪棒攔腰橫掃，一團綠色的鬼火中了棒，飛到橫樑上去了。

這樣的打鬼打有一頓飯功夫，姚七嫂發現這窩子陰差鬼使，除了裝模作樣，訛吃訛喝，枉受人的賄賂之外，別無什麼能耐，她的心膽便越變越壯起來，一邊扔著碗，一邊掄著棍，頭髮披散著，四散飛揚，那份豁命相拚的勇壯神情，簡直連鍾馗也難以相比。

遍地的碎碗片兒，使得那些東躲西挪的小鬼叫苦連天，明曉得碗瓷劃破腳掌，會疼得連心，爲了躲閃那根揮舞不休的哭喪棒，他們可又不得不睜著兩眼上刀山，一剎時，遍地都灑著黑黑的鬼血。

「了不得，這婆娘恁般厲害，黑白無常全擋不了，咱們快鑽灶洞，上煙筒，退了罷！」

一個鬼這樣一叫喚，其餘的呼嘯著，捲動一陣風，朝灶屋退了過去，誰知一進了灶口，才發現上了姚七嫂的大當，灶塘裏不再是軟軟的冷灰，而是無數熱熾熾的紅火炭，那隻五色梯子也沒了，小鬼們腳踩著火炭，嗷嗷的哀叫著，灶口透出一股子有皮沒毛的焦臭味來，一個個好不容易摸出灶口，灰頭灰臉的蹦跳到鍋台上，一個鬼看見了一鍋滾開的沸水，歡叫的招呼說：

「二哥們，還虧有這一塘好水，咱們跳下去洗把澡，壓壓一心的火氣罷！」撲通撲通連聲響，爭先恐後像湯圓兒下鍋似的朝下一跳，嗨，原先是有皮沒毛受火攻，現下又來個水淹七軍，連一張鬼皮也保不住了。再掙著爬出來，聽罷，哼的哼，喊的喊，一迭聲的哀求說：

「姚七奶奶，姚七奶奶，眼看雞就要叫了，雞一叫，咱們入地三尺走不成啦，妳高抬貴手，放咱們一條生路，下回恁情挨板子，再也不敢上妳的門啦！」

「嗯，」姚七嫂說：「這還像是鬼說的話，我也不願爲難你們，你們早先拘我丈夫的魂，打哪兒進的屋，如今還打哪兒鑽出去就是了！」

「那是……貓洞。」

「怎麼著？還嫌小嗎？」姚七嫂揚揚手裏的哭喪棒說：「我若再照你們的骨

拐敲三棒，只怕你們連老鼠洞都鑽得進去呢！」

「姚七奶奶，姚七奶奶，」那鬼苦著喉嚨說了哭話：「妳甭誤會，妳沒聽說過：哭喪棒打鬼，打一棍，矮三寸的俗話嗎？可憐咱們被妳打得縮成什麼樣，連妳自己都想不到，就算是老鼠洞，我們走起來也寬寬敞敞的像走城門呢！妳還有什麼好吩咐的？說了，我們好帶回去交差。」

「回去告訴你們的閻王爺，」姚七嫂說：

「就說姚七的陰魂被我留下了，這個閻王爺是個老粗，從沒正經的唸過老古書，連『不孝有三，無後爲大』全不懂，要來拘姚七爺，也得等他有了兒女再說！」

時辰正巧，小鬼剛出貓洞，一隻大公雞就在清晨的黝黑裏吭聲啼喚起來了。

……

講故事的那張臉，已經遠遙得朦朧難辨了，但我記得那是一張很蒼老很蒼老的臉，那許多縱錯的皺紋中，也隱伏著難解的神秘，——正如我自幼臆想中的五千年歷史中國同樣的蒼老和神秘，故事是怪異又詼諧的，充分流露出中國鄉野人們的機智趣味，也表現出鄉野人們寬厚的心胸。

故事的結局，當然避免不了「大團圓」一類的傳統格局，述說姚七嫂如何把鬼魂變成的綠甲蟲納在死者姚七的嘴裏，度了他一口氣，那姚七便伸個懶腰，打個呵欠，在棺材裏坐了起來，……姚七夫妻倆生了一男一女，直到十年後，姚七本人才死掉等等。

打一開頭，我就沒聽信過這樣荒誕的故事，不過，故事裏所說的民間風俗，是在鄉野間普遍流傳的，而且說故事的老人所用的鄉土語言，確是非常鮮活，令人沉迷的，直到如今，我仍能在歲月的煙塵中，回視著那種似存似缺，朦朦朧朧的情境，仍渴望著能夠重見那種蒼老的、純良的、純粹中國的臉，聽聽從那些神秘心靈裏緩緩流出來的故事。

這應該是和故事本身的真假無關的。

在古老中國的鄉野上，多的是非真非假的傳聞，也過著非真非假的人生，即使到如今，那種蒼老得可愛的臉，已經隕落如流星，但那種神秘的光燦，仍然覆蓋在我們的額上，說它是愚味也罷，焉知那不是激發人運用思維，展現智慧的根源？

不信嗎？你試著捏起一把中國的泥土，鄉野的味道，就是那種味道，如果泥土不是假的，那麼，你就該相信，打鬼救夫的故事，在你出世之前的若干年代，確曾被無數已經歸入泥土的人們傳講過，議論過，——也許憑藉他們神秘的心胸裏原存的意識，自作聰明的增添過或是刪節過，成了鄉野人們精神歷史的一部份，至於故事裏面的故事，我很抱歉的說：真也是那樣，假也是那樣的了！

如果你一定要去追究，那麼，你就去詰問你腳下的泥土罷，當初講故事的人，就是你腳下的泥土，永遠屬於中國的泥土……。

這應該是和故事本身的真假無關的。

在古老中國的鄉野上，多的是非真非假的傳聞，也過著非真非假的人生，即使到如今，那種蒼老得可愛的臉，已經隕落如流星，但那種神秘的光燦，仍然覆蓋在我們的額上，說它是愚昧也罷，焉知那不是激發人運用思維，展現智慧的根源？

不信嗎？你試著捏起一把中國的泥土，鄉野的味道，就是那種味道，如果泥土不是假的，那麼，你就該相信，打鬼救夫的故事，在你出世之前的若干年代，確曾被無數已經歸入泥土的人們傳講過，議論過，——也許憑藉他們神秘的心胸裏原存的意識，自作聰明的增添過或是刪節過，成了鄉野人們精神歷史的一部份，至於故事裏面的故事，我很抱歉的說：真也是那樣，假也是那樣的了！

如果你一定要去追究，那麼，你就去詰問你腳下的泥土罷，當初講故事的人，就是你腳下的泥土，永遠屬於中國的泥土……。

月桂和九斤兒

一

穆家酒舖座落在野集梢，過路人翻過靈溪上的木橋，便見到酒帘兒迎風飄刮。舖子沿著靈溪岸，簷口搭著涼棚，沒遮沒擋的三面來風；逗上大伏天，火辣的日頭能晒化了路上行人，涼棚裏照舊是一片蔭涼；垂柳光閃著透明的綠，像酒甕中陳年竹葉青那麼澄碧。

穆老爹坐在舖門口，垂柳光染綠了他的臉。手裏托著長煙袋，並不去吸；瞇著眼，想起什麼事；任憑煙霧打眼縫裏朝上飄。

「今兒個初幾了？月桂。」

月桂姐隔著櫃檯笑起來：「爹，您連日子全過忘啦！——今兒初七。」

「可不是糊塗住了！」穆老爹咳嗆一陣，噏動嘴唇數算：「初七，初八……六月十九那天，後鎮『泰山宮』泰山娘娘生日，賽會單子該送下來了；——我說月桂，明兒把舖子歇了。爹去集齊野集上的會班子，該練會了。」

月桂姐幽幽地吐出一口氣，嘟弄著嘴：「我說爹，您真是不歇心，年年總記罣著廟上的賽會。媽在世也不知勸過您多少，一把鼻涕一把淚的，您全當是春風過耳。這如今，您也領過野集的會班子卅多年了，年年爭面子，會會奪花紅，——到頭又落下什麼來?!」

穆老爹悶聲不響的吸著煙，煙管裏的煙油吱吱響；隔著煙霧，那邊是閨女白淨溫存的臉，很像死去的她媽。可惜月桂不是男娃兒，不能懂得男人家的鬱悶：酒鋪裏的日子像流水，流不盡一年四季的寂寞消閒；除了廟上賽會，再沒可做的事了。女娃兒家心眼兒窄，終生怕這會那會鬧出是非。

月桂姐眨著眼，見爹不回話，便掀起櫃檯板，出來扶著爹的椅把子，湊上臉，柔聲地：「允了月桂罷，爹。您老了，再打不得群架了!別再領著會班子，跟別人去爭強鬥勝的了。今年把會班子交給柱兒去領罷。」

穆老爹深深的吸著煙，有宗事情本想瞞過閨女，眼看瞞不住了，便搖著頭說：「不是爹不允妳，月桂。妳曉得，去年『會魁』的花紅，被後鎮上宋三領的那班會奪了。爲奪那一會，宋三特意僱船到南邊去，買了全套的彩衣鑼鼓，練了一丈四尺的高蹺……」

「爹沒道理氣這個呀！」月桂姐安慰著說：「四鄉八鎮十四個會班子，本就是賽著的，誰練的精，誰就奪『會魁』。」

穆老爹打斷閨女的話：「癡丫頭，爹決不是氣這個。月前爹到後鎮，宋三託了媒婆張大腳，到酒樓來見我。說宋三元配過世了，有意說妳做填房。——張大腳說了宋三千般好，壓尾一句話卻氣炸了人心。」

「她說了什麼了？」月桂姐臉上紅白不定的，癡癡的睜著眼，兩手死命的抓著椅背。

「她說宋三說：『妳就說我說了：只要他穆老爹肯嫁月桂姐，三少爺往後決不壓野集的會！』」穆老爹喘喘氣，聲音也變得沙啞了：「月桂妳想想，妳爹這輩子輸過誰?!能吞下這等混賬人講出的混賬話?!——當下我就指著張大腳，吼著說：『妳替我滾回去，回話給宋三那小子——我閨女八輩子出不了閣，也不嫁他那種混賬！』」

月桂姐擔憂的抬起頭：「宋三是個混世的人，您不允就罷，出口傷了他，豈不是結下了仇？」

穆老爹把煙灰磕在地上，吹吹煙管，又裝上一袋煙，憤然的：「妳爹我還在

乎這個?!月桂。妳若不阻攔，我不會說給妳聽。——今年裏，爹決意親領野集這班會，奪過『會魁』來，一來替野集掙回顏面，出口氣，順便也顯點顏色給宋三看，別讓他以爲我老了。……若是爹不出頭，後鎮上人準會訕笑我，說我穆老頭子單爲護著一個閨女，再不敢跟宋三去比會了……」

「別的不打緊，可就怕打起群架來，」月桂把臉伏上了穆老爹的肩頭：「……您到底是上了年紀的人了……」

穆老爹反手扯開衣領，露出肩胛上的疤痕：「妳放心，月桂。人不找爹，爹就不找人。——賽會上打群架，爹也不止打一遭了!」

穆老爹覺著閨女不再開口，臉上淒淒的，黑眼裏泛著潮溼，便軟下心來，勸慰地：「別學妳媽的樣兒了，月桂。爹允妳，只等過了今年，把會魁奪了來，就把會班子交給柱兒領去，好罷?!」

月桂姐聽完了穆老爹的話，不由笑在心裏，故意偏開臉去，揮走櫃檯面上的一隻蒼蠅。

什麼地方傳來車軸聲?溪上的木橋拱拱的，遮斷了那邊彎曲的沙路；直等雞公車拂開柳絲推過橋，才認出是柱兒。柱兒在柳蔭下架妥了車，趕著過來招呼。

「柱兒你來得正好。」穆老爹笑呵呵地：「明兒就打算練會了，咱們趁空後鎮上走走，看宋三他們練些什麼。——咱們總得賽過他！」

月桂姐端過噴香的麥仁茶，柱兒接了，擱在條凳上，說：「您有空，這就騎驢趕早去罷；我也打算進鎮買豆餅。完了會，我妹子菊花要跟金鎖兒訂親；爹要我多買幾塊豆餅，把豬頂肥了，好替菊花辦喜事。」

「你喝茶，我去備驢去！」

穆老爹備了驢，柱兒臨走摸出錫壺來，笑吟吟的遞給月桂姐：「還是照舊打，回頭再來拿。——我爹三天不喝舖裏的酒，就懶得端飯碗啦。」

瞅著爹跟柱兒去遠了，月桂姐怔忡地轉回身；鄰村的姐妹們年年上花轎，菊花又配了金鎖兒了，自家的心事說給誰聽？媽死得早，爹生平只問兩宗事：賽會跟酒。

店門外，日頭偷移著垂柳的影子，一片倦蟬聲。靈溪的上流頭，不知什麼時刻搖來了一條船，船頭上站著一個黑小子；到得酒舖門口，斜斜的點了一長篙，船便傍了岸；那人在柳根上拴了纜索，手提一隻偌大的酒葫蘆過來了。

月桂姐一眼望過去，就猜出他是外鄉人；在往常，幾十里周圍的過路人，常在舖前歇腳，自己自小就看熟了那些面孔。

黑小子招起手望了望酒帘兒，又望了望月桂姐，順手便把大竹斗篷掀了，黑臉掛著笑，露出一排雪白的牙。自言自語地：「對了，對了，……穆家酒舖，這便是了。」彎腰大步跨進店門，把酒葫蘆朝櫃檯上一扔，插手在腰眼肚兜裏捏出一把銅子，就朝月桂姐手心裏遞。

月桂姐且不忙接銅子，笑著問說：「要什麼樣的酒？客人。」

黑小子一股勁傻笑著：「隨便打灌，滿葫蘆就成！」

月桂姐沒奈何，酒旋子套進了葫蘆口，掀開小罈裏原泡竹葉青，朝八端子（註：按北方老秤斤兩所刻的酒端），打了八端正，才把葫蘆灌滿；黑小子付了酒錢，提了葫蘆就走；臨上船，卻又回過頭來傻笑。

二天一早，穆老爹集齊班子去練會，月桂姐歇了舖子，搬張竹椅在涼棚下坐，趁著風涼繡枕頭花。咿咿呀呀的，櫓聲響過來，還是那個黑小子，老遠搖著空葫蘆叫：「又打酒來了！」

月桂姐站起身子，花針別在大襟上，揚聲回說：「對不住，客人。我爹忙練會，交代暫把舖子歇了。」

許是黑小子沒聽真，還是攏船上了岸，直楞楞地站在棚外柳蔭裏，掀下竹斗篷來搧汗。月桂姐繡完了一片花葉抬頭看，那人還站著搧涼，便招呼說：「棚裏坐著歇會兒罷，真是——大熱的天。」

黑小子也不客套，就在棚裏順手拖條長凳坐了，看月桂姐繡花；看得月桂姐臉也紅，心也跳，花針老扎著手指；再看黑小子，還沒事人一般的傻笑；一時沒法子打發他，只好擱下花繃兒，跟他拉聒些閒話。

「聽口音，你是北地來的罷？」

黑小子把頭點點又搖搖，嗯嗯啊啊的：「也只猜中一半——我爹倒是北地人，說我生在南方的船上。」

「這陣子住哪嘿？」

黑小子吁口氣，伸手指著遠遠的山背：「船就歇在那邊山坳裏。」

月桂姐微笑起來。這人像隻悶葫蘆，敲一下，響一下；問一句，答一聲；你要一輩子不說話，他也就一輩子不吭吭。因便又問說：「早先沒見你來過酒鋪呀?!你怎麼曉得這兒賣酒?」

黑小子敲敲後腦勺：「我爹在世，常放長班船，滿口誇讚穆家酒鋪的酒香醇；爹死後，弄船的到處爲家——總算覓處喝酒的地方咧！」

倦蟬在柳椏間啞啞的噪鬧，黑小子一坐上長凳，就像吃釘子釘住了。月桂姐著急的看日頭，柳蔭漸漸短，快晌午了，爹回來見著不甚好，一個閨女家，跟陌生小子沒東沒西聒閒話。瞅著對面黑小子那副傻樣，又不忍讓他空等，便向他討了葫蘆，進店去灌了酒來；黑小子拎著酒葫蘆，還沒拔腿的意思。

「那邊做什麼？——一片鑼鼓響。」

月桂姐皺著眉，懶懶的：「六月十九，後鎮廟上有賽會，我爹領著人練會。——打今兒起，歇舖兒了，不賣了！再要打酒，賽完了會再放船來罷。對不住你哪，客人。」

奇的是黑小子壓根兒沒理會打酒的事，揚起臉，聽著練會的鑼鼓聲，眼眶兒慢慢紅了，包著一眶的溼；猛可地立起身，三腳兩步跳上船，解了纜，搖著櫓，去了。

月桂姐吃他突如其來的樣子怔住了，半晌才醒過來，心裏想：天底下有這等的怪人?!

二

六月十九那一天，野集上的會班子敲鑼打鼓的進鎮去了。月桂姐換上了藕花衫子，打把遮陽傘，跟鄰村的姐妹們進鎮去上香。上香、看會全是假，還是不放心爹領著的那班會；今年籤子抽的不巧，正排在宋三領的那班會後頭，若果宋三存心壓著玩，難保不生是非。

到鎮上，廟裏上了香，月桂姐再沒心腸瞧熱鬧，早早擠過狀元橋，在十字街口綠楊居酒樓門口，佔了一角空案子，等著賽會過來。

「看會啊，看會啊！」有人吼叫著，滿街人頭跟著亂滾；鑼鼓傢伙打出同一急促的點子，咚噹咚！咚噹咚！……人頭上飄著鞭兒炮的青煙。

班會在鞭炮聲裏竄出來，寶藍的閃光緞子旗兒頭前領路，招引著一班鑼鼓；蹻子高過屋簷口，古裝的八仙穿著簇新的彩衣，在半空中蹦跳。領會的宋三歪戴瓜皮帽，穿著橫羅長大褂兒，一手端著金絲的鳥籠，一手舞著紅漆會棒，嘴角半

叼著洋煙捲，雲裏霧裏，踏著鼓點走。

「喝，好一班丈四的高蹺！」看會的誇讚不迭。

「響龍鞭——」二樓上傳出叫喊。

隨著一串龍鞭炸，宋三使一個翻花步法擰轉身，鑼鼓點子一變，耍花棍的一路花棍打圓了場子，半空裏的八仙們便賣力的耍起來了。

月桂姐擠在案子上，耳邊盡是嘈嘈雜雜的人語，異口同聲的誇讚頭班會。放眼望去，踏蹺的、舞獅的、耍龍的、撐旱船、挑彩擔兒的、打花鼓鬥唱的，一條長龍似的佔遍了整個街道，單是鑼鼓班子就有七八堂，更壯了那份奪魁的氣勢。

月桂姐自小就跟爹進鎮來看賽會，懂得賽事；無論怎麼說，頭班會總是佔盡了便宜，愛停就停，愛走就走；若果頭班會練得好，名目多，存心壓著玩，二會三會就得一個壓住一個，只有倚牆賣呆，出不了廟門。

已到晌午時分了，日頭像把火，炙得人渾身流著水潑般的汗；儘管撐著遮陽傘，月桂姐藕花衫子還是濕透了。眼前的街道上，頭班會還是過不完。那邊廂，人縫裏擠來一個大閨女，辮子鬆至根，手提著一隻踩脫了的繡花鞋，老遠就朝月桂姐搖手打招呼，氣喘咻咻地：「桂妹妹……桂妹妹……」

「啊，菊花姐。」月桂姐彎下腰。

菊花擠過來，搭住月桂姐的手，站上案子去，臉晒得透紅，一直喘個不歇。

「妳打廟上來？菊花姐。」

菊花點點頭：「看光景，宋三存心壓著的了，我們的會還沒出廟門哩。」

月桂姐冷淡的望了望街。一條結滿花球的旱船正划得起勁，胡琴啞啞的哭，假大老爺口吐白沫數來寶，滿嘴淫詞穢語，調戲著船孃。

「照這樣，即便會魁讓他們奪了，也不公道，是麼？菊花姐。」

「不公道……」菊花說。

月桂姐正想說什麼話，突然勒住了話頭，側過臉去凝聽：「又有鑼鼓響過來啦，菊花姐。」

那邊的人潮紛紛後退，野集上的會班子打斜刺裏搶了出來。穆老爹穿著大紅裩褲，薄底虎頭皂靴，精赤著上身，露出多毛的胸脯跟渾身疤痕；大白天，耍起一對碗大的練子火流星來，火流星嘶嘶地划著光弧，炭粒子在日頭底上迸射。

跟著流星打開的一條路，一排花棍手舞起一片棍山，呼呼呼，超著頭班會走；二班會人人統像著了魔，潑風般的旋舞著，彩衣飄帶繞得人眼花。二班會的鼓手踩著屋脊子閃跳，花鼓打出了十八翻。

「咚咚咚，……咚咚咚，得隆，隆咚咚……」

高蹺子挨肩了，舞獅的碰頭了，耍龍的聚合了；兩隻旱船，頭啣尾，尾連頭的兜著圈。頭班會出的久，鑼鼓手本已累得緊，二班會一露臉，就打出拿手的十八翻；光是在鬥鼓一著兒上，頭班會就走了下風。

那全是穆老爹的主意——擒賊先擒王，花鼓會對賽，好壞全在一面鼓，只消先壓住對方的鼓。鬥贏了鼓，亂了對方的腳步，這場會就算贏穩了八成。這當口，看會的人屏住氣，但聽得暴雷一般的鼓炸；二班會上的十八翻越打越高，越擂越響，圈鑼堂鑼配得緊湊；頭班會的鼓手咬著牙，搖亂了頭髮，活脫像披毛五鬼。也不過盞茶功夫，鼓點一亂，便從頭到腳的亂下去了。二班會裏跳出了金鎖兒，在丈四的蹻子上，兩手搭著別人的肩膀，只一使勁，便憑空打了一個筋斗。

「喝！賣命的筋斗呀！」

「金鎖兒再來一個！」人群裏，千百隻眼全呼到金鎖兒身上來，沒命的拍著巴掌。

金鎖兒腰帶上扣著菊花手縫的吉祥袋，定定心神吸口氣，又來了一個倒筋斗。穆老爹抖手扔上火流星，叫：「接穩了！金鎖兒，耍個天女散花來瞧瞧。」

金鎖兒接住流星，比齊了練索，單手耍了起來，順風迸出的火星，罩住頭班會的蹻群；蹻群被逼著貼住了街簷，沒命抖著彩衣。

二班會佔住了街，耍得更活跳起來了。

案子上的菊花出了氣，拉著月桂姐的手，在旋轉的遮陽傘下有說有笑。

「妳瞧那是誰？」菊花指點著：「妖模怪狀的。」

二班會壓尾，有個鬥滾子的。那明明是柱兒，戴著假大辮子，辮梢拖至腰，滿頭插著紙花絨花，焦黑的臉膛上亂抹胭脂花粉，白一灘，紅一灘，上身穿的是女人家的團花襖，下身束著大紅百褶裙，底下光著兩隻毛腿，套著破毛窩（註：

北方鞋名，係以蘆花及雞毛編就，著以防寒，故名毛窩）。

柱兒拖著麥場上的石滾兒，巧巧的踏著花步，一步三扭，辮梢亂晃。琴手擠著爛紅眼，說一段，瞎拉兩聲，柱兒就捏尖嗓子唱起曲兒來。經這麼一妝點，頭班會更沒人看了。

菊花跟月桂姐正說笑，就見前頭一陣大亂，有人惶叫著：「不好了！打起來了！」

「打起來了！」

「打起來了！」人潮紛紛朝後倒。

月桂姐的心猛朝下沉，一把拉住一個人：「哎哎，誰跟誰打起來了呀……」

那人一回頭，大驚小怪的：「啊呀呀，不是穆家酒舖的月桂姐麼？——後鎮會班子動了手，正圍著妳爹打哩！」

月桂姐一鬆手，那人捲在人潮裏去了。

「快來呀，菊花姐！」

兩人一下了案子，便擠散了，菊花在那邊搖著花汗帕，越飄越遠，像一瓣流水上的落英。月桂姐迎著人潮朝上擠，兩腳全離了地，還是叫別人肩膀帶了下來。伸著頸子張望，只望見一片滾動的人頭。一直擠到「泰山宮」前的空場上，月桂姐伸手抱住一棵樹，才算站定了腳跟。

後鎮跟野集上的兩班會，滾成團兒廝打，一直打上了狀元橋。這邊的荷仙姑倒騎著那邊的鐵拐李，那邊的曹國舅緊抱著這邊的漢鍾離，耍龍的野漢子，夾頭帶腦打姜子牙。拐杖、花籃、彩棍到處飛舞。一陣水花濺起來，有人打斷欄杆，栽下了狀元橋。

「打呀！打呀！」一片嘶啞的喊聲。

群架打到空場中央，打得一條街都關了門；地攤子沒處躲閃，撕裂了布篷，砸爛了紙馬，滿地滾著麵捏的兔兒爺。

月桂姐眼一亮，那邊可不是爹，赤手空拳光胳膊，十來條大漢圍住他打。

「桂妹妹！桂妹妹！」菊花踩著滿地碎東西跑了過來：「鎮上人多，我們人少，……金鎖兒打落下水裏去了；我要進廟去，求方丈在山門上掛紅去了……」

「快去罷，菊花姐，只要山門上掛了紅，群架就不能打進廟門了。」

一瞅見廟門掛了紅，野集上會班子紛紛拔腿跑，惟獨穆老爹還在呼吼著打。一刹功夫，空手奪了一根彩棍，虎一般的朝前撲。

「回來罷，爹呀！爹……呀……」月桂姐撕心裂肺的叫著。

「走開去，桂丫頭！」穆老爹吼叫著：「我拚了老命，也不能把野集的顏面賣了！」

又有一群人揮著棍棒，追趕著滿臉流血的柱兒，把月桂姐撞開了；柱兒奔向廟門，剛跨進一隻腳，背上狠挨一棍，便倒了。打著打著，就聽爹慘慘的叫：

「……好宋三！……你……動……刀！」

月桂姐再撲過去時，人全散了，只留下爹，手捂著胳膊躺在地上。刀口戳在大臂上，鮮血打指椏朝外淌。月桂姐撲的跪倒下去，心裏一陣酸，單只叫了一聲「爹」，便噎住了，傷心的哭了起來。

正哭著，背後伸來一隻多毛大手，輕輕抓開自己，探手便揹起了爹。月桂姐抬起臉，原來是山坳裏弄船的黑小子，一身白褂褲，斜揹著大竹斗篷，頸上圍著汗巾。

「難爲你了，」月桂姐淒然地：「我爹帶了傷了。」

黑小子傻傻的望她一眼，也不說話，逕背著穆老爹進了廟，鐵鼎中抓把香灰，把傷口捂了，抬腿撕下半截褲管，緊紮住穆老爹的胳膊。穆老爹一咬牙，額角上湧出豆大的汗粒子，幽幽的吐出一口氣，便暈過去了。兩人呆了一晌，隔著雕花的鐵鼎，未熄的香火上騰著煙篆。

「回去罷。」黑小子吶吶的：「我的船泊在狀元橋。」

「打呀……打……」柱兒嘴唇觸著方磚，還在囈語。

黑小子揹了穆老爹，單臂抱了柱兒往回走；柱兒額上的血，染透了他的白褂兒，黑小子彷彿沒覺著一般，一直到大夥上了船，低頭瞅著白布上的殷紅，才沉沉的嘆口氣。

船行在開遍紫蜈蚣花的溪面上，黑小子悶聲的搖著櫓，還是沒說一句話。船過了山背，月桂姐才想起什麼，赧然的問著說：「想不到賽會上出了岔，承你幫了半天忙——還不知怎麼個稱呼哩。」

「我麼？」黑小子緩緩地：「我叫九斤兒。」

三

六月過去了，日子又顯得平靜起來。

野集上也敲鑼聚過人，談過賽會上的事。說來說去，還是後鎮宋三指撥人先動的手，仗著人多勢眾，逼得野集上人掛了紅綢。群架打得已不公道，宋三更不該動攮子，戳穿了穆老爹的臂膀。依柱兒，當下就要集齊火槍，大砍刀，捎信給宋三，約定日子來一場械鬥。

「宋三那雜種！根本沒依打群架的規矩！」柱兒暴跳著：「當時攮尖兒沒長眼，歪一歪，穆老爹還有命麼？」

穆老爹儘管咬著牙，卻拿話壓住了柱兒：「大夥兒全聽著，只一點兒傷，沒什麼要緊。宋三打贏了架，卻輸了賽會，這就夠了。趕明年，咱們爭臉還在賽會上爭，——打架算得了什麼?!」

穆老爹既不肯聚人械鬥，人群也只好散了。

穆家酒舖又開了門，車軸驢鈴整日價在門前鬧；南來北往的行人像溪水，流來又流走了。舖裏除了酒，也沒什麼好吃食，只有紅燒的鯉魚跟槓子餅；槓子餅疊在白木案子上，鯉魚盤裏插著紅辣椒。到夜晚，鬧聲沙塵全靜落了，柳蔭下躺著三三兩兩的歇涼人，涼棚裏散坐著鄰村上來的酒客。樹梢的月亮漸漸的缺，又漸漸的圓，銀白的月華瀉過疏柳，落在長桿挑著的酒帘兒上，潑灑了一地深深淺淺的影子。

九斤兒常常放船來打酒；多少一葫蘆，不說話，光是笑。慢慢跟酒客們全廝混熟了，不聲不響的流連著。別人瞅九斤兒橫高豎大、又楞傻，便順口叫他傻九斤兒。也有時碰上柱兒、金鎖兒他們，常跟九斤兒猜謎，講定了誰輸就唱小曲，十回有十回，全是九斤兒輸。

柱兒拉胡琴，金鎖兒搭一搭撩著檀板，九斤兒望著月桂姐，聲音侉侉的，帶著哀悽的餘味兒：

「走南……到北，他一條船……喲！

四海為家……到處飄……流……

依咱說……

為人莫做那浮……萍……草……

風急呀……浪大……永不停……留……」

月桂姐倚著櫃檯板，閉住眼，托著腮，九斤兒的聲音在自家心裏沉沉的響，也不知怎麼的，一聽那曲裏的哀悽味，心上便像壓著了什麼。九斤兒是那種人：隨水飄著來，一無故，二無親，孤魂野鬼似的；泊船在河灣那邊的山坳裏，夜晚抱著酒葫蘆睡，艙口外，單只有浮船的流水，繞船的月光。

轉眼到了中元節，野集上又平添一番熱鬧。天剛放曉，鄰村的姐妹們便來了，酒舖門前坐著紮河燈。剪妥了燈底，裝上定向的蘆材竹籤兒，四邊糊上紅白紙，貼好了彩紙荷葉邊，一盞一盞的，月桂姐穿著「地藏燭」。

「今年沒僱著放燄口（**註：北方舊習，中元鬼節，皆延僧搭法台於船頭，誦經撞鈸，謂之「普渡」燄口。**）的船麼？」一個閨女問菊花。

菊花瞟著月桂姐，笑說：「放著九斤兒不找，還找誰去？……今年聽說不用僱船了，就用九斤兒的船。」見月桂姐癡癡的望著溪水，眼睛眉毛全不動，便岔開話頭，「桂妹妹，妳想著些什麼了？」

過半晌，月桂姐才輕輕的啊了一聲，寂寂的笑起來：「沒，沒什麼……菊花姐。」

從早到晌，河燈紮了幾百盞，日頭剛打斜，九斤兒便放了船來；穆老爹也在後鎮請來了放燄口的和尚，搖法杖，披袈裟，跟著法器擔子；說著說著的，天色就晚了，九斤兒的那條船，船舷罩著紅白幔子，船頭搭著法台，波浪搖碎了一河的月亮，一河的燈影。

看河燈的人，扶老攜幼的跟著河崖走；船上邊，敲鈴打磬，一派細細的樂聲。月桂姐跟九斤兒坐在船尾，船尾落頭窄，兩人便向外側著身子。船舷的瓷罈裏插著桐油火把，月桂一盞一蓋的取著河燈，在火把上點著了燭芯子，河燈便搖擺著漂過船頭去了。

河崖上有人沿河焚化紙箔，亮起一堆一堆的小火燄；齋河孤的打著幽幽的悲涼腔調：「河燈亮啦！孤魂啊，野鬼喲……趁著燈光來領紙錢啊……」一霎時，月桂姐把幾百盞河燈放盡了，溪水河風送著燈，溪心通明的，一盞燈跟著一串曲折的倒影。

月桂姐正要滅火把，九斤兒伸手攔住了，探手在艙裏取出一盞螃蟹殼，也儲著油，盤了燈芯。

「每年中元節，我全放一盞蟹殼燈。」九斤兒一眼瑩瑩的淚：

「我媽死在船上，埋在千里迢迢的南方……但望她年年見著這盞燈，就像見著人……」

月桂姐接了蟹殼盞，打了一個寒顫。那盞燈下了水，盤旋一下，也追著遠遠的河光去了。抬臉看去，只覺月色淒冷，流水無聲，風兜著衫子，有些兒單寒。

「找個安身的落頭，歇下來吧，九斤兒。」月桂姐耳語一般的說了。

九斤兒嘆口氣，搖搖頭：「祖上傳下來的這條船，真哪，月桂姐。到東到西由命定罷了！」

那年裏，天寒得早，白露後接著霜降；月桂姐倚著櫃檯坐，眼看舖外的秋風摘盡了垂柳的殘葉，魚游般亂飛亂舞；九斤兒提著酒葫蘆，踏著滿地黃葉，進店來打酒，身上還是穿著單薄的衫子，凍得嘴唇烏紫。

「天寒了，九斤兒。」月桂姐望著他：「有閒進鎮時，也該扯丈把青大布，做套寒衣了。」

九斤兒低著頭，苦笑著：

「不瞞妳說——有布也沒人替我縫咧，好在往年凍慣了，也不覺著怎麼寒……」

月桂姐聽了話，心裏老覺著不過意；想不到九斤兒這麼傻氣，又這麼省儉；鎮上不是沒有成衣舖，他卻寧可挨凍。說是自己答允下這份針線罷？實在不知怎麼好；躊躊躇躇的一直不好開口，待九斤兒要走了，才咬著嘴唇說：「你還是扯了布來罷……我雖不慣細針線，一套家常衣裳總能做的。」

九斤兒怔一怔，感激的紅著臉：「那，那怎麼好……妳這般的費心。」

說是這般說了，隔好久，九斤兒才買了布來；連裏帶面三丈窄機土大布，斤半棉花，交給了月桂姐。月桂姐抽著閒，比了九斤兒的身材剪好衣裳樣，便替他縫製。俗說好事不出門，賴事傳千里，一套棉衣方縫就，就有人風傳著，說是月桂姐戀上傻九斤兒了。

「月桂那丫頭呀，不知存的什麼心！放著野集多少小夥子不找，偏偏找上了傻九斤兒啦！」

「柱兒哪點配不上她；真是——」

風言風語刮進月桂姐耳朵裏，笑笑就算了，也不去聽它。自己跟九斤兒大明大白，沒一星半點瞞人的事；九斤兒不像柱兒、金鎖兒他們樣，那麼愛爭強，一個孤苦的外鄉人，又樸訥，又楞傻，有苦沒處去說，常常悶在心底下；人家能在會上幫爹忙，自己難道不能替他縫套襖褲。

風言風語也刮到穆老爹耳朵裏，穆老爹望著月桂姐，嘆息地：

「爹一天一天的老了！月桂，妳也不是孩子了，什麼事爹全不想管著妳，——這間酒舖是祖上傳下的，爹總巴望有一天，妳能守著它。九斤兒再好，到底還是外鄉人，弄船的娃子，沒有個根基……」

爹的言語像把繡花針，根根朝人心上扎；別人說著閒話也罷了，爹卻不該叫酒迷了心，大睜兩眼朝酒甕裏爬，讓自己受盡了委屈。月桂姐惱恨得背過臉去，淚珠兒成串的滾，衣襟全濕了。

許是九斤兒也聽著了什麼閒話，入了冬就不常來了。也不知怎麼的，九斤兒不在眼前，心裏總有些兒記罣；「弄船的娃子，沒有個根基……」爹的話老在耳邊響。難道也讓九斤兒撇下祖上留下的船，整日搖著膀子晃？難道也讓九斤兒扯衣抹袖的，領著會班子去打群架，到頭來，落下一身的傷痕？

一冬沒落幾場雨，眼見靈溪漸漸的消瘦了，月桂姐也覺著衣裳寬鬆；逐日守在酒舖裏，凝望著橋那邊野路上刮起的沙煙。臘月十四落了一場大雪，十五就封了河，九斤兒不會再放船來了。

到夜晚，月桂姐回房去，心裏懨懨的；床頭的妝台上點著半支殘蠟，光輪裏套著彩暈；打窗縫中鑽來的風，掃得燭光亂晃，一點一滴的流著蠟淚；一隻紅色松香鑲邊的小圓鏡裏，映出了月桂姐的臉，有半分黃瘦，半分不知名的愁。

月桂姐賭氣把鏡推開了，伸手捏熄了蠟，支起油紙窗來，讓冷風吹著發燒的臉頰。

冷風在簷口的凍鈴上打著尖哨兒，冷冷的月光映在積雪上，一屋子朗亮；月桂姐咳嗽了一陣子才覺得涼，正要取下支窗棍，就聽見窗外有人說話。

「還沒睡麼？」

月桂姐咬咬指甲。不是做夢，明明是九斤兒的聲音。便猶疑地問一聲：「誰呀？」

「是我呀！月桂姐。」

月桂姐揉揉眼，見九斤兒站在窗外的柳樹邊，瑟縮的拎著酒葫蘆；月光勾勒下，他的人影落在雪地上，顯得分外的黑。

「這麼晚了，你怎麼趕路來了？」

九斤兒踱來踱去的，聲音有些顫索：「船上寒氣重，凍醒了，一摸葫蘆空了，就來了。唔，霜前冷，雪後寒，——我在冷風裏待了好半晌了。」

「真真是傻九斤兒！」月桂姐埋怨說：「風像刀一般的刮，你怎不敲門來著？」

九斤兒受了埋怨，結結巴巴的：「我怕鬧醒了老爹，直等妳咳嗽了，才敢出氣。」

月桂姐嘆了一口氣，也不知是憐惜還是氣惱；亮了蠟，掌起蠟臺前屋去，拔開門閂兒，呀——地一聲開了門；當頭掃過的一陣寒風，逼得人透不過氣來。九斤兒遞過葫蘆，木頭木腦的站在門外邊，抓起一把雪來搓手。

月桂姐掀開罈口打酒，一見九斤兒凍得那模樣，心不在焉的多數了一端子，直等竹葉青漫過了旋子口，潑灑了一地，才醒了似的說：「還不進屋來？火筷兒撥撥火盆，盆裏有火哩，且把手腳烘暖了再走。——沒人把你當做賊的。」

九斤兒搖搖頭，笑不出聲音：「我想跟妳說……說……烤了火，就不想離火盆了，我這就得回頭了。」

月桂姐也不知九斤兒心裏積著什麼話，提了葫蘆跟出來；枯樹的黑影疏疏的，滿天滿地銀光，九斤兒伸手去接葫蘆，兩人全呆了似的放不下手。

靜了好半晌，九斤兒才啞聲的說出一句閒話：「封……河……了……」

「唔，封……河……了……」月桂姐感觸地，彷彿溪面的冰塊壓住了心，渾身寒冷。

九斤兒緩緩的四周望了一圈兒：溪、橋、枯柳、月亮，和滿天寒晶晶的星斗，嘆息著：「四月泊船在山坳裏，一晃眼似的，這又……冬天……了啦！」

月桂姐淒淒的微笑起來：「沒有事，你就轉去罷，九斤兒……風這般的

寒……」

九斤兒走出幾步去，又鼓著氣掉回頭來：「我想我要走了，月桂姐，——盡了『九』（註：農曆交冬數九，至九九八十一日，謂之「九」盡春來。）開了河，我得放趟長班船，至早得到端陽才能回來。」

月桂姐退了半步，想起那盞蟹殼的河燈，也想起了大江大河的風浪。九斤兒弄的只是一條小船，一沒桅桿，二沒帆篷。

「啊，什麼時刻走呢？九斤兒。」

九斤兒黯啞地：「翻過黃曆了，——二月初一動身。」

「來舖裏過年罷。」月桂姐輕聲說：「我爹跟我，全沒把你當外人。」

「不了！月桂姐。」九斤兒搖著頭，迎風踏雪的，便去了。

年也不知怎麼過了的，月桂姐單記著二月初一，九斤兒動身的日子。那一天，早霧真夠濃，月桂姐倚在橋欄上等著九斤兒的船。橋頭的垂柳剛抽條，綠裏泛著鵝黃。頭一遭等人，心眼裏總突突的跳，就把一枝柳條兒隨手折了，拿著悠盪。

櫓聲打霧裏響過來，一條船滑過洞橋，不是九斤兒；櫓聲又打霧裏響過來，咿咿呀呀地，也不是九斤兒。柳條兒滑落到橋板上，低頭去拾，這才看出：出門時太匆忙，不留神踏著路邊的草，把一雙鳳頭鞋打得濕漉漉的，盡是露水。

東方泛起魚肚白，晨星落盡了，才見九斤兒站在船頭。九斤兒見了月桂姐，急在柳根拴了船，站在柳樹下，張嘴、瞪眼，一股勁的發呆。

「這趟船，裝些什麼？」到底還是月桂姐先說了，說話時，低頭望著橋下的流水。

「一船肥豬。」九斤兒說：「真哪，月桂姐，我本不願放船去南方。我喝不慣南方的酒，沒勁道，香味也差。」

「那你怎麼又去了？」月桂姐問出口，才覺得臉上辣辣的燒。好在搽了胭脂，又隔著霧，九斤兒瞅不出那份羞紅。

「是呀！」九斤兒費了半天的勁才吐出幾個字來：「真哪，月桂姐，我……我……」

兩人又呆了下來，說不盡的霧裏的離愁；也不知怎麼的，月桂姐柳條兒滑脫了手；柳條兒在溪心打著輕旋，悠悠地，也跟著九斤兒船後的流水去了。

四

月桂姐在青石跳板上搓洗著衣裳。紅灎灎的早霞燒在溪面上，又是一個響亮的大晴天；涼棚的一角插著一束菖蒲跟艾葉，還是端陽節插的，如今全已枯了。月桂姐停了擣衣棒，漣漪盪開去，溪面上留著自己的影子，一臉寂寂的笑，鬢角上的野花也插得有些兒歪斜。

日子像流水，九斤兒還是春天下的江南，一晃眼，門前的沙路上來往過多少行人？橋頭的垂柳又飛落多少柳絮？怎麼還不見船來?!也想著：不要去想九斤兒，那顆心可作怪，只消一閉眼，滿心便落遍了九斤兒的影子。只恨九斤兒面對面時，滿心有話，一句也吐不出口。怎不在九斤兒放船時，爲他灌足一葫蘆酒?!怎不交代他江心風浪大，千萬要當心……九斤兒一走，自己守在酒舖裏，心中總是空空的，說不出是什麼滋味。

「噯，月桂。」爹在那邊叫喚：「客人要上路啦！」

月桂姐這才醒轉來，拖起圍裙抹手。送了客人，舖裏又靜了，只留下一片啞啞的倦蟬聲。月桂姐靠著櫃檯坐，兩手托著腮，嘴咬著鵝毛扇柄兒。蟬聲噪得人迷迷惘惘的，衣裳全不想去晾；但覺有些兒睏盹，也有些兒癡呆。

不知打那兒刮來一陣涼風，把一隻討厭的胡蜂刮進店門來；東不飛，西不飛，儘管嗡嗡的抖著翅，繞住月桂姐鬢角上的野花打轉。

幾扇子沒打著牠，月桂姐惱恨起來，索性把野花拔了，隨手扔出店門去，衝著胡蜂兒咕噥說：「要命的！去叮去罷！」

胡蜂兒不愛落花，有意無意的一翅飛走了；野花插久了，經不得風吹，剛落地，就散了；風帶去了一地的殘英，一片一片小小的紅瓣。月桂姐心頭一陣寒冷，眼前的東西全朦朧起來了。有什麼東西滴在扇背上，當時不覺著，過了一忽兒，才想到自己流了眼淚。

下游來了一條船，老遠就傳來粗獷的船歌。月桂姐側耳去聽，聲音傍沉沉的，可不是九斤兒回來了。過了好一晌，九斤兒才攏了岸，搶著走進店門來；九斤兒一眼瞅著月桂姐，眼眶裏紅紅的，便問說：

「妳怎麼了？」

月桂姐看著九斤兒問話時一臉的傻氣，不禁噗哧一笑說：「進來坐，這大的日頭。——我沒怎麼的，一粒沙灰迷了眼了。」

九斤兒聽了話，又望望月桂姐，自言自語的：「一粒沙灰，竟迷了兩隻眼，真是的——」一面說著，掀開大竹斗篷，抱一條長凳坐了，拿斗篷當作扇兒，搧起風來。

初見面並不覺著，坐久了便拘束起來；兩人隔著櫃檯乾坐好一晌，都不敢抬臉似的。

月桂姐使鵝毛扇子掩在眼上，不情不願的數著扇面上到底有幾根鵝毛，數過來成單，數過去卻又成雙了；扇縫那邊，是九斤兒一截白褂子，吃汗水溼得釘在身上；九斤兒先搓手，搓不完似的，約莫手心裏生了鵝掌風（**註：病名，得此症者，掌心脫皮，極癢，故搓手。**）?!捲起的袖口下邊，是九斤兒那雙一把勒不過來的粗胳膊，也叫一路上的日頭晒黑了。

傻九斤兒，傻九斤兒你說話呀！月桂姐心裏想。

九斤兒偏不說話，一股勁的搓手。

又等了好半晌，九斤兒才擠出一句不相干的話來：「老爹哩?」

「套間裏睡晌午覺哩！」月桂姐悶聲地，隔住扇兒嘆氣。

九斤兒也嘆了一口氣：「一晃眼，又是……伏天了……」

「可不是。」月桂姐這才接上碴兒：「原以爲你會回來趕端陽，你瞧，棚角的菖蒲艾葉都枯了啦！」

「南邊的豬價漲了。」九斤兒訕訕的：「圖著多得些利，便等著不放手。唉，真箇兒的，這趟船雖苦，我倒淨落了半肚兜的龍洋。」

月桂姐想笑，可沒敢笑出來——九斤兒到底回來了；回來好，那條船載著他千里迢迢的去江南，自己也好像一盞河燈，上不來下不去的在浪頭上漂，一陣風吹，一陣憂愁。

「熱透了，大伏天！」九斤兒自言自語的：「歇過了伏，我得再放一班船……」

月桂姐沒答腔，有宗心事像螞蟻，在人心裏亂爬。

「噢！」九斤兒想起什麼事，摔掉了斗篷站起身，掉頭就朝溪邊跑。月桂姐拾起斗篷，在後頭趕著叫：「鬼急慌忙的，什麼事呀?!」

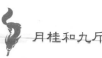

九斤兒不理會，跳上船，探手在艙裏取出一個汗巾包兒來，敲打著說：「我當帶它在腰眼，原來忘在船上了！」轉臉朝著月桂姐：「送妳的，月桂姐——這點兒意思。」

月桂姐正站在柳樹下，嫌柳條兒悠來晃去的打臉，便把一把柳條兒全扯住了，柳梢點著溪面，盪出圈圈漪漣。一聽九斤兒的話，臉頰便昇起了紅暈，生怕九斤兒看著了，忙學九斤兒樣，揚起斗篷假搧涼。

本待不去接，又恐九斤兒大聲叫嚷。兩人交換了東西，月桂姐袖了汗巾包，九斤兒揹上斗篷。

「謝你了，九斤兒。」

「那裏話。」九斤兒傻笑著：「我也該回坳裏去了！」

一個在船頭，一個在岸上，兩人又默對了好半晌。柳蔭下一聲魚躍，才把九斤兒驚醒了；慢吞吞的解開纜索，輕點了一篙，船尾盪開去，波浪搖得一岸的紫蜈蚣花亂點頭。月桂姐也想起什麼來，撒手鬆開柳條兒，跨下坡岸，站在青石跳板盡頭，招著手：

「你停停，九斤兒。」

九斤兒聽了話，拎起竹篙來，斜斜插下去，船身便橫在溪面上，船舷叫流水刮得汩汩的響。

「六月十九又快到了！」月桂姐說：「要是你有空，我想搭你的船進鎮去，廟上上把香。」

「曉得了！」九斤兒說：「我也要進鎮買唱本哪……」一壁應著，一壁點著篙，船到河叉口兒上，叫紫色的蜈蚣花埋了。月桂踮起腳尖，也只能望得到一點兒揹斗篷的背影，和一點兒船梢。

直等到河面上波浪平伏了，才打開袖裹的汗巾包兒，裏頭包著一隻閃霍的銀牙櫳兒，幾紮透紅的胭脂……跳板下，水光映亮了她的嬌笑。

五

「泰山宮」裏的老廟祝，騎著獨眼驢，送了賽會單子來了。月桂姐接了單子進屋，見爹在竹榻上睡著，沒敢驚動他，便掀開神龕上的瓷香爐，把單子壓著。伸手去掀香爐時，飄飄的墜下一張大紅的庚帖，彎腰撿起來一瞧，上頭開著柱兒的生庚八字。

月桂姐望望爹，一臉傻笑；不用說，爹把合婚的事瞞了自己；正打算把庚帖放回原處去，爹在夢裏翻了一個身。月桂姐心一慌，手指撥翻了香爐；香爐掉在地下，打碎了，濺了一地的香灰；再看爹已經醒了，坐起來打個呵欠，揉著眼。

穆老爹睜開眼，見月桂姐手裏拿著大紅庚帖，香爐碎在腳邊，便曉得她明白了柱兒家提親的事；正想開口，月桂姐已叫了一聲「爹」，撲過來，臉伏在竹榻邊，只管嗚嗚咽咽的哭。

「妳怎麼了？月桂。」穆老爹嘆了一口氣：「柱兒跟妳，自小就在一塊兒淘

大的，門戶又相合，……」

月桂姐不理會，一勁兒地哭；哭得穆老爹也失了主意，便又勸慰說：

「妳心裏有話，儘管跟爹說。我原以爲柱兒又爽直，又剛強。嗨，爹還沒允定那一頭啦！」

月桂姐不說話，還是哭，抽抽噎噎的渾身亂抖。半晌了才說：

「柱兒……像爹……我可不願再……像媽……」

一句話，也只是這一句話，穆老爹深深地嘆了一口氣，倚在牆上，再講不出話來。早就想過了：月桂不是男娃兒，不能懂得男人家的鬱悶，酒舖裏的日子像流水，流不盡一年四季的寂寞消閒……賽會呀！賽會呀！自己這一輩子全在河燈、賽會裏打發了；可總有什麼虧欠著，那便是月桂她媽。她沉靜、溫順，閉著嘴寂寞的守過了一生。別的事全能強著月桂，這事不能，他要在閨女身上，還了對她媽的虧欠。

「爹……」月桂姐抬起臉，淚瑩瑩滿臉的溫柔。

穆老爹雙手捧著那張臉，聲音有些蒼涼：「明兒個，爹就退了它罷……」

「跟賽會單子一道兒送去罷。」月桂姐取了單子，跟庚帖放在一起，攀著爹的肩膀：「爹去年不是答允月桂了？今年的會讓柱兒去領。」

穆老爹平和地：「本想奪得『會魁』來，就把班子交了的。——去年變成那種樣，妳就不允爹出口氣麼?!聽爹話，越發過了今年，明年爹再不幹了！」

月桂姐也嘆口氣，再想不出什麼話來阻攔。爹是那樣的人，命裏只有酒跟賽會。今年裏，且巴望爹吐了氣，舒了心，平平安安的奪了最後一年的會魁。鋪外邊，一輛張篷的騾車滾過來，在鋪門口歇下了；原來是縣裏下來貼告示的。

月桂奔出去，告示高高的張貼在樹幹上，看著看著，月桂姐一臉的笑：

「爹呀，爹——快來看告示啊！」

穆老爹瞇著眼，除了一顆大紅的硃砂印，就是滿紙的黑甲蟲：

「說給爹聽，告示上寫的什麼？」

月桂姐又看了一陣子，這才說：「今年賽會上不准打群架了，賽會那天，縣裏要派下人來監會，誰輸誰贏求公道。」

「呵呵呵！」穆老爹掀著鬍子笑：「這才合我心意咧！月桂，這就把鋪子歇了罷，爹這就集齊了人，野場上練會去！」

又是十五的夜晚了，爹領著會班子在野場上練會，月桂姐獨坐在酒舖裏聽著鼓聲，鼓聲像急雨，蹦隆隆，蹦隆隆，震得人頭暈。廟會、大紅庚帖、爹跟告示、柱兒跟九斤兒，……月桂姐心裏像擱著一隻亂絲絡子，抽來抽去也抽不出頭緒來；頭頂上，馬燈的光暈碎碎的，無數青衣的蜢蟲兒亂飛亂舞，碰得燈罩叮叮地響。

是誰一路笑過來？全是前後村上趕來看練會的人；菊花踏著月亮地，老遠招呼著：「桂妹妹，還不收拾了去看練會去！今夜晚，金鎖兒要在蹻上練筋斗，好熱鬧哩。」

月桂姐本待不去——自打退了柱兒的帖，她就存心遠著菊花；吃不住菊花她們硬拉扯，還是去了。

野場四周圍，木架上高燒著桐油火把，紅毒毒的火燄上吐著煙，男女老幼擠成一片，月桂姐她們一到，就有人讓出條凳來給她倆坐了。

場中央，正練著高蹺鬼：漁翁放了鶴童去戲蚌精，金鎖兒扮鶴童，頭上戴著紙糊的白鶴，每踏一步，那白鶴便神氣活現的一抖翅膀。柱兒今年充鼓手，咬著唇，一言不發的擂著鼓，見到月桂姐進場來，便偏過了頭，把鼓擂得更響。那邊金鎖兒邊練會，居高臨下，一眼瞅見了菊花；菊花假裝看練會，骨子裏，眼光總落在金鎖兒身上。

「金鎖兒打筋斗來！」有人狂吼著。

鼓聲猛地一歇，金鎖兒手扶別人的肩膀，陡然翻了一個筋斗，采聲便轟雷一般地響了。月桂姐望望得意揚揚的金鎖兒，不由替菊花難過，一把鼻涕一把淚的日子等著她，菊花卻興高采烈的笑得正狂。

正在凝神，猛見對面的人堆裏擠來一個人，肩膀在人頭上搖晃，不是九斤兒是誰；九斤兒擠至木架邊，蹲進火光照不到的黑影裏，招著手棚，看樣兒是在找人。不一會，九斤兒便找著了前排條凳上的月桂姐，一個揮著巾，一個搖著手，遠遠的招呼著。

人群越圍越厚了，場子狹，轉不開，耍花棒的打了一路圈兒棍，十來個漢子腰紮彩帶，跟著打一圈螃蟹溜兒（**註：一種側翻的筋斗**），打出了圓場子；鼓聲猛一歇，金鎖兒一口氣連翻三個筋斗，菊花喜得舞手蹈足的笑——條凳那頭沒了人，凳頭一翹，把菊花摔了一跤。

「該死了！月桂妹妹跑到那裏去了……」菊花說。

月桂姐可沒聽見菊花的話，她跟九斤兒擠出了人群，兩人默默的倚在麥草垛兒上。不說話也好，只要跟九斤兒在一起，心裏的一把亂就消了。眼前的夜晚多美，可不是，又是火把，又是月光；透過了鼎沸的人聲，四野全是唧唧的蟲鳴。火把飄搖地映紅了九斤兒的臉，火光在月桂姐的心裏昇騰。

「你在老家，也看過賽會罷？九斤兒。」

九斤兒鬱鬱的望著火：「看過的，月桂姐。」

月桂姐瞧出九斤兒冷落寡歡的神情，追問說：「你不喜歡賽會麼？」

九斤兒搖搖頭：「沒家沒道的人，沒那份閒情……」底下還有什麼話，九斤兒勒住了，不再說。

「你跟我爹，一裏一面的——正反著。」月桂姐哀怨的，低下頭玩弄著辮梢：「我爹是個要強的，一輩子爭臉面，打不平……說真箇兒的，他看不慣你，九斤兒。」

九斤兒啞著喉嚨：「我九斤兒不打謊，……我爹也沒看慣我……天生的，改不了的……月桂姐。要不然，我不會弄船走他鄉……」

那邊人群裏，瘋狂的喝采聲打斷了他們的話。金鎖兒竟在踏蹻的人肩上，耍起高空倒立來。遠遠望上去，蹻上接人，人上豎著蹻子，鑼鼓聲短而促，蹻上的人打著圈兒跳。金鎖兒倒立的身體被火把映成帶光環的黑影，猛然間，那黑影竟顛躓一下，憑空跌下去了，采聲變成一片驚惶的叫喊。

「金鎖兒！金鎖兒……」

九斤兒一拉月桂姐，兩人擠進人群去，頂頭撞見菊花使手帕捂住臉向外衝，月桂姐抓住菊花，問：「金鎖兒怎樣了？」

菊花不答話，打她顫抖的指尖上，覺出她在嗚咽。

有人在場子中間扶起金鎖兒，替他鬆了腿上的蹻繩；金鎖兒蠟黃著臉，昏昏糊糊的哼著。

「料不到的事！」穆老爹頓著腳：「金鎖兒上了多年的蹻子了，誰想今夜卻失了足？」

「金鎖兒的兩條……腿……」柱兒鎖著眉：「怕是難……治……了……」

一扇板門放了來，把金鎖兒抬走了，場上鴉雀無聲。

「聽我說！」穆老爹紅著眼：「賽會的日子就到了，金鎖兒他……他……卻出了岔兒。沒了金鎖兒這個角兒，野集上贏不了賽會了！——本待要柱兒扮鶴童，又缺了鼓手；聽說後鎮今年花了兩百龍洋，打北地僱來了新鼓手，除了柱兒，旁人對付不下他來！——有種的娃兒上蹺子來！咱們重頭練！傷了人，不能傷了野集的臉面。」

人堆裏的人，你瞅我，我瞅你，全瞪著兩隻眼。覓遍野集，再找不出身強力壯，比得過金鎖兒的人。

柱兒一眼望見了月桂姐身旁的九斤兒，再也按捺不住了，猛可地走過去，指點著九斤兒的鼻尖叫說：

「嘿，九斤兒，你雖不是野集上長大的，野集上可沒把你當外人。瞧你也銅打鐵澆，拳大腰粗的男子漢，怎麼也縮著脖子不吭聲？」

「上去罷！」身邊的人群紛紛慫恿著：「——大夥兒一條心，黃土才能變做金呀！九斤兒。」

場上的人，全拿眼看著九斤兒，滿以爲九斤兒決不至在柱兒跟前示弱，定會揎拳抹袖，答允上蹺子扮鶴童。誰知九斤兒退一步，慢吞吞地搖搖頭。

「我賭咒不參與賽會了的……」九斤兒朝著穆老爹：「我不……不……老爹，我九斤兒不打謊，……天生的，改不了的。」

穆老爹看看九斤兒，一臉冷落的神情。

「呸！沒種的船猴子！」柱兒把一口吐沫吐在九斤兒臉上，當著九斤兒的臉晃起拳頭。九斤兒死了一般地不動彈，吐沫在他臉上滴落；柱兒晃動拳頭時，九斤兒就閉著眼；那種畏縮的樣子，使人群中發出一陣嘲笑。

「回家找你媽去罷，哭說你受人欺啦，九斤兒！」

「傻九斤兒光有喝酒的能耐——一隻活酒囊兒呀！」

月桂姐看出來，九斤兒渾身顫索，滿眼噙著淚，當嘲笑像箭鏃一般地射來，九斤兒也曾勒起幾次碗大的拳頭，畢竟又鬆開了。

鶴童那一角兒，終由雙喜兒答允扮了；鼓聲又響起來，人群笑著，喧嘩著，把九斤兒抛開了，人們忘記了金鎖兒摔跌下蹻子時的慘狀，正跟忘記了九斤兒一樣。

「你怎麼不上蹻子去？九斤兒。」月桂姐說，聲音裏透著悲哀。

九斤兒搖搖頭，緊閉著嘴唇。

六

日頭沒出山，野集上的會班子便騎驢趕早去了。

月桂姐一夜沒闔眼，四更方盡時，匆匆打扮了，在靈溪邊等著九斤兒的船；櫓聲打霧裏響過來，九斤兒也一臉的愁容。兩人全被沉默捆得緊緊的。

月桂姐上了船，九斤兒在船尾搖著櫓，也只有咿呀的櫓響，划破溪上的岑寂；月桂在霧裏抬起頭，霧水沾著人的衣衫；霧那邊的天頂上，搖閃出一顆半顆的星芒。聽人說：天上一顆星，地上一個人，也不知哪一顆是自己？哪一顆是九斤兒？

直等船到狀元橋，月桂姐上了岸，才說了：「你在那邊攤子上買唱本。我去香棚買香燭，廟裏上香許願去了……」

九斤兒雙手插在頭髮裏，沙啞地：「一併幫我買份香燭，娘娘面前鐵鼎裏焚了，代我許了心願罷！」

「不怪人家說你傻，」月桂姐鬱鬱的笑起來：「各有各的心願，九斤兒，——誰知你要許什麼？」

九斤兒猶疑的舐著嘴唇：

「妳許什麼，就代我許什麼罷，月桂姐。——世上再沒容人處，……我想：秋涼再放這趟船，不再……回頭……了……」

「快別這麼說。」月桂姐心底忍不住兜起一陣淒酸：「沒有人攆你呀，九斤兒。」

「我不是膽子小，月桂姐。」九斤兒紅了眼：「我爹臨死還交代過，不准跟人爭強！」

「我曉得。——慢慢人也會曉得，不是麼？誰也不能強著誰！」

九斤兒感激不盡的望著月桂姐。還是頭一遭酒舖裏相遇時的打扮，穿著白紗的衫子，小風兜掃得衣叉兒的下襬飄飄的刮；多少年啦，孤伶伶地在河上飄泊，到底遇著了知道人心的人了。

瞧著九斤兒不再言語，月桂姐溫存地笑了；笑裏有一半安慰，一半憂愁，別人全說九斤兒傻，自己偏看上他那份傻氣。九斤兒是那種人，心裏埋著真情愛，卻直是頑石不開口；九斤兒也是這種人：能苦能掙，白手成家，不愛爭強鬥勝，甩膀子消閒……

兩人立在狀元橋上，正遇著掮書賣唱本的老頭兒，月桂姐伸手招呼他過來，朝著九斤兒說：「這不是賣唱本的？就買了罷，不用再朝那邊擠了。」

九斤兒望了望，賣唱本的老頭立住竹架兒，架兒上扣著五顏六色的坊本，也不知挑那本是好。

「牙痕記哪，花月痕哪，劉同私訪哪，……」賣唱本的搖著潑浪鼓，潑隆隆，潑隆隆……「嘜，買唱本兒的這邊來！」

月桂姐一咬牙，架上摘下了一本書，給了老頭兒一個銅子兒。九斤兒接過書來看，上頭寫的是：「梁祝哀史坊版唱詞」，便把唱本在肚兜裏塞了。

兩人四面望去，偌大的集鎮擠滿了人，滾動的人頭上，散散的開著黑傘花，無數毛驢炸著鈴，牆角空地上成排的翻靠著手車（**註：亦為北方獨輪推車之一，其狀與雞公車稍有不同。**）曠場上，地攤子張著白布篷，吃風頂得鼓鼓的；篷那邊，霞光照亮了「泰山宮」古廟。

月桂姐目不轉睛的望著廟，彷佛只有那座廟，廟裏的神，能幫著她完了心願。那邊的九斤兒靠著橋欄，取出唱本哼著，仍然傍木木的：

「路上拾個金豆兒，

我弟是你小舅兒。

金蓋花，銀蓋花，

我爹是你丈……人……家……

……」

「當著人唱什麼，」月桂姐臉紅紅地：「你可見著那座廟了？九斤兒。——就插腳擠過去罷。」

「要是擠散了呢？」九斤兒歪著頭，認真地說。

月桂姐搖著大辮梢兒，反手指著鬢角，銀櫳下垂著兩串紫蜈蚣花：「要是擠散了，你當心認著花就是了。」

「好罷！」九斤兒說，摺起唱本，緊一緊腰肚兒（註：一種前寬後窄的腰帶，北方人喜愛用之，因其前有夾囊，便於裝入零星物品之故。）便跟著月桂姐，擠進人潮裏去了。

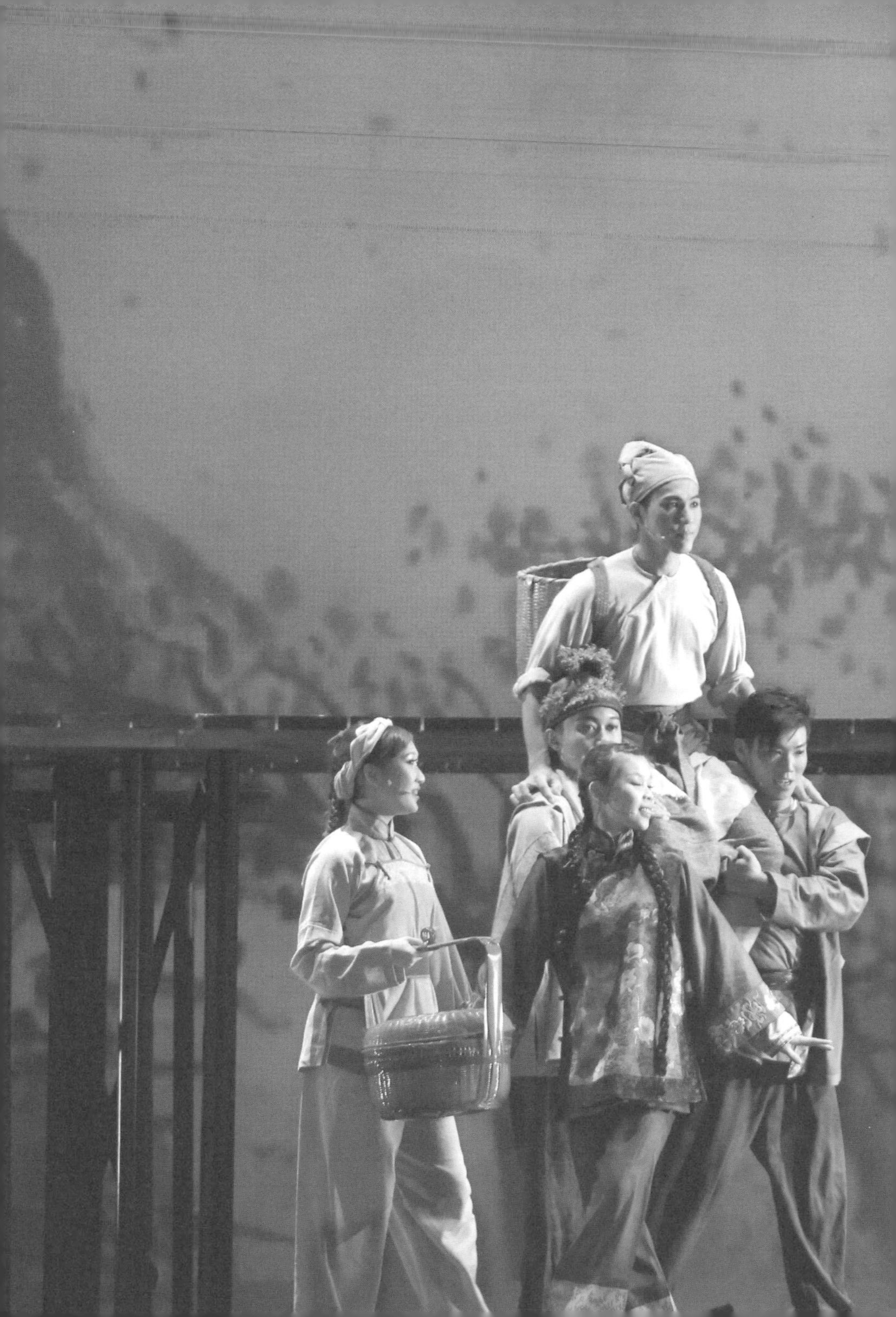

初下狀元橋，月桂姐還能瞧見廟門上笆斗大的金字，殿脊上雙龍奪珠的石勒；霞光染紅了琉璃瓦，無數瓦塔松（**註：又名瓦松，為北方古屋上常見之菌類植物，其狀如塔。**）黑影外包裹著光環。

擠著擠著的，陷進人窩裏，便什麼也看不見了；到處全是人，全是人，一股熱烘烘的汗味；好像看見九斤兒高過人頭的腦袋，在身邊不遠處閃了一下，又叫擋住了。

月桂姐叫不應九斤兒，只好擠著去找進香許願的女客。往年逢廟會，單身的閨女們總想打男人堆裏擠出去，擠到閨女多的地方；不管生，不管熟，不管姑姑姨姨姐姐妹妹，火熱的一把拉住手，再也不鬆開；就這樣，轉眼拉成一條花花綠綠的長龍。

月桂姐擠了一陣，一把拉著一個閨女的手，那閨女轉過臉，聲音哀哀切切的：

「桂妹妹，妳也上香來了……」

「哎，我道是牽著誰？原來是菊花姐。」月桂姐得了救星似的，抬眼再看菊花，木木呆呆，不是往常那樣渾身活跳勁兒了。

「嬸嬸呢？」

「我媽在前頭。」菊花說。滿臉的汗也不去抹。

「金鎖兒他怎樣了？」月桂姐緊握著菊花的手，滿心替她難受。

菊花光是擠眼，擠下一串淚，落到別人的鞋頭上去了。嘴唇哆嗦了半晌，才委屈的：

「誰曉得呀……也抬到鎮上來了，廣德堂抓了兩付藥，……老先生說能好的，唉……能好，聽說是傷了內臟，成瓦罐的吐血……我……我……呵嗬……桂妹妹……」

「別這麼的，菊花姐。」月桂姐勸慰著：「菩薩面前多禱告，但望他能好，不要再上蹻子了。……別這麼的，別人全在瞧著妳啦，別人會笑妳咧……」

好容易才勸得菊花止了淚，月桂姐抬頭去找九斤兒，人堆裏找人，好像大海裏撈針。身不由自主的跟著龍頭擺動，開頭還是龍尾，慢慢的，一個一個朝上加，把月桂姐變成龍腰。透過人頭的空隙，有時看得起殿脊上奪珠的石龍，一忽兒短，一忽兒長，但覺正繞著廟門轉。擠向把戲場兒邊，前頭不動了，後頭還朝身上壓。

「該死的，塞住了！」

菊花回過頭：「慢慢擠著罷，桂妹妹，天還早哩。」

身邊就是跑馬賣解的場子，兩匹馬跑得正急，一片密麻般的鼓聲。許多賣零食、賣花燈的擔兒，叫擠得連根搖晃。一個賣狗皮膏藥的南方蠻子，梳著假八寶雲髻，正扭捏地唱著水滸傳上事：「毋大蟲、孫二娘、開黑店、謀害景陽崗、打虎武二郎……」一壁唱，一壁亂找禿頭送膏藥，包禿子三年後長毛。

好容易擠到香棚口，月桂姐伸手打荷包裏捏錢，買了香燭。忽然間，抬眼看見遠處的九斤兒，滿頭晶亮的汗粒子，斜著身子擠哩。

「嗳，九斤兒，九斤兒！」月桂姐叫。

一陣緊密的鼓聲把什麼都遮蓋了……

九斤兒正螃蟹般的橫著擠，恍惚聽見月桂姐的叫喚；順住聲音擠過去，在一條長龍頭上，一條辮兒一條辮兒的挨著數認，尋找那串紫蜈蚣花。紫花閃跳兩下，在人叢裏現出來，又閃跳兩下，被人頭埋了。

正楞著，猛見那邊擠來一幫人，全是玩會的打扮，嘴叨煙捲，渾身二流子樣。那幫人擠過去，九斤兒但聽身後有人說：「宋三他們，又去踩閨女繡花鞋去啦！」

「當心腳底下！」閨女們關照著。

一聲長長的唿哨兒響，那幫人並不踩鞋，卻搶著去摘閨女們頭上的花朵；霎眼功夫，花朵全像長了翅膀，飛到那幫人掌心去了。沒了花，哪能找著月桂姐，猛可地，眼前一亮，可不是月桂姐頭上那串紫蜈蚣，抓在一個人的手。九斤兒認出宋三來，本想一把抓住他，怎奈隔著人潮，轉瞬之間，就不見了宋三的影兒啦。

擠到香棚口，別人朝竹筒裏扔進三個銅子，抓了一把香燭，九斤兒也學著，朝竹筒扔進三個銅子，沒好沒歹的抓了一把香燭。還是先進廟去，叩頭許了願罷，九斤兒想。主意打定了，便擠進了廟門。

大殿兩邊，分立著兩棵梧桐，進廟上香的排成兩路，九斤兒沒抬眼，跟著排了；進了殿，瓦廊的石座兒上，站著兩座神像，一邊是眼光菩薩，渾身掛著「通明眼」（**註：以黃裱紙剪成眼狀，中畫通明神咒。**）；一邊是瘟神，渾身遍釘著爛膏藥跟消災藥。殿中央，一隻千斤大鐵鼎，投進了無數把香支，藍藍的火燄伸有五六尺高，煙篆飄到樑頂去，把描龍繡鳳的殿樑全薰黯了。

神龕那邊，斜斜吊起黃綾幔帳，兩盞長年不滅的玻璃佛燈，微搖著七彩的瓔珞，照亮了慈眉善目的泰山娘娘的臉。

面前的上香人，紛紛把香燭扔進鐵鼎，跪下去叩頭許願。一個渾身穿紅，燒著火似的新嫁娘，將她親縫的童鞋掛在送子觀音的手上。九斤兒望著神像，抖手扔出香燭去；香燭在鼎中騰著光，九斤兒便在蒲團上跪下了。

心願是遙遠的，九斤兒並不像梁山伯那麼傻；除了對菩薩，才能說得心底下的話。禱告完了抬眼一看，直把九斤兒看傻了；原來上香的人，全按男左女右分開的，只怪進廟時沒留神，排到右邊來，左右前後，全跪著花花朵朵的閨女們。正慌著埋下頭，腿肚兒上吃人捏了一把，一轉頭，月桂姐正朝自己撇著嘴。

「瞎衝瞎闖的，叫方丈見了要見罪的，還不快走。」

九斤兒抱著頭，臉紅脖粗說不出話來，估量著自己許願的言語，全叫月桂姐聽去了。

兩人走出來，到了廟角上，背靠著紅牆，誰也不說什麼話。本來全是悶葫蘆，彼此心裏有數，這回卻變成玻璃盞，裏外通明了。兩人許的是同一個心願，月桂姐記牢了九斤兒在菩薩面前許下的話，一字有一字的心意，一句有一句的真情。

梧桐梢兒上，不知在什麼時刻飛來一對黃鸝鳥，親親熱熱的追逐著，流水般的鳴叫；跳上跳下的，啄落了一隻帶桐子兒的桐殼來，盤旋著落在月桂姐的肩上。

「別再瞞著人了，九斤兒。」月桂姐手捻著桐殼兒轉，別過臉去，癡癡的瞪著紅牆：「有話你該跟我爹去說。」

九斤兒怔怔地，渾身發燒：「我……我……一個弄船的窮娃子……妳爹不會答允……的。」

兩人突然掉轉臉，互望著，眼窩全盈著淚。東邊樹上的那對黃鸝鳥，串著枝兒跳，一翅飛到西邊樹上，又一翅飛走了，天藍得就像靈溪的水，水面上沒有一片雲。

月桂姐嘆息著，怕過爹守著的那一關，「弄船的娃子，沒有個根基……」滿耳全是爹固執的聲音……若是走了九斤兒，若是靈溪上再聽不見他的櫓聲，她不敢去想；根生土長的酒舖，常年流水般的客，一年一度的廟會，全與她沒有多大的關連，若叫她守著那些，寧可壓根兒不遇見九斤兒倒好！

九斤兒也楞傻著，落在遙遠遙遠的黑裏，媽搖櫓時唱著的船歌，如今仍在心頭上飄響，櫓尖咿呀地，撥動一寸一寸不同地方的流水……老家也有一座廟，媽也帶著自己趕過廟會。爹在廟會上跟別人鬥鼓打群架，渾身從上到下，全是刀搠的洞。臨死拉了自己的手：

「好好兒的待你媽，不要再學爹……跟……人爭強……少年不苦，老來……貧，早點苦著掙著……娶……房……親……」

爹死後，那條船飄到南方，再回頭，媽的船歌也跟她埋葬了，孤墳到底埋在哪兒？單記著入葬時，堆一片新翻的黃土。

打遙遠的黑裏回來，九斤兒咬牙忍住了淚：「秋涼我放長班船，月桂姐。」九斤兒眼裏閃著光：「只要妳肯跟我苦，真哪，我九斤兒把命賣了，也得掙夠定禮錢！」

「若是我爹不允呢？九斤兒。」

「那……那……」九斤兒濃眉皺成一條線：「那我九斤兒認命苦……不……再……回……來……」

兩人靠在紅牆上，也不知呆了多麼久，就那麼相隔一塊方方的「佛」字，癡癡的說著他們的夢。遠遠的佛殿，遠遠的上香人，沒人聽清他們說些什麼。

笑也笑過了，哭也哭過了，月桂姐像在清醒裏做了一場夢，九斤兒也重新拘束起來，空空兒中豎著穆老爹那一關。兩人許是呆得久了，惹起上香人的回望。

「還是到綠楊居酒樓去罷。」九斤兒望望天色；「也快上會啦。」

兩人走至廟門口，月桂姐突然停了腳步，懶懶的扶著廟門邊青石鼓兒上的獅頭，說：

「你先走，九斤兒。別讓人瞅著了，又嚼爛了舌頭……」

七

日頭照著綠楊居酒樓下的拱廊。九斤兒擠到廊下邊，靠著一根石柱兒站，頭頂正懸吊著一隻畫眉籠子，籠影落在九斤兒的白褂上，風吹著影兒打旋。酒樓正對狀元橋跟橋那邊的空場子，又有敞樓，正是看賽會的好落頭；等著看賽會的都朝這邊擠，樓上擠得壓折了欄杆。肆裏的堂倌還依老規矩：門口吊起迎會的錢囊，上樓看會的朝錢囊裏扔銅子，好買迎會的鞭炮。

「會來喲！會來呦！」酒樓上的腦袋亂搖晃。

「會……溜……會……溜……」畫眉也跟著不清不楚的翻弄舌頭。

九斤兒搭起手棚看，起會還早，來的是野集上趕早進鎮的會班子，那邊是雙喜兒，這邊是柱兒，穆老爹騎了牲口前頭走。會班子經過大街上廟去，走過九斤兒身邊，每人全白了他幾眼；九斤兒心裏難受，把頭偏過了，見著只當沒見著；直等會班子走遠了，才使手背抹眼。

空場那邊，人群紛朝街上溜，一班會一個圈兒，在柳蔭下歇，廟門前空空地，只落下一些散亂的攤篷，月桂姐怎還沒個影兒？

「九斤兒，九斤兒！」分明是月桂姐惶急的叫喚。

九斤兒定定神，那邊可不是月桂姐，白紗衫子一團縐，花鞋尖上釘著污泥，慌躁躁的撥著人群跑。身後的大辮梢兒吃人牽住了，捧在鼻尖聞嗅，連誇：「好香的一頭菜花油。」

「九斤兒，九斤兒！」

九斤兒這才瞅清了，那人上了妝，塗著一臉白粉，頭上戴著一頂烏紗帽，帽角上還插著紫蜈蚣花。一見了花，九斤兒便明白了；一連噓了幾口氣，怎奈心裏有火，骨嘟嘟的朝上翻，頂得鼻子眼睛冒煙。猛可地跳出來，讓過了月桂姐，挺身抗住了宋三。

宋三正逗弄著得意，冷不防吃九斤兒重重的一肩膀，抗著了腰眼，一時收不住腳，便斜衝過去，一頭撞在那邊的石柱兒上，撞碎那頂假烏紗；跟著兩手一撒，一個癩蛤蟆晒蛋，四腿拉叉的摔倒在地上。

人群見有了熱鬧可看，亂紛紛的朝上圍；宋三滾了一身灰土，爬起來揉著腦袋，那副狼狽樣兒，逗笑了不少看熱鬧的人。

「少吱你們的狗牙！」宋三歪吊著嘴角，瞇起一隻眼，咬牙切齒的：「我倒要瞅瞅哪個吃了老虎心，豹子膽，敢找你三爺的碴兒?!」

九斤兒沒想到，輕輕一肩膀卻惹惱了宋三，便兩手叉腰，等著宋三。

「喝，船猴兒要動手哩！」

「噓……活脫的膿包，他敢動手?連上蹺子全縮著頭。」

宋三揉了一陣眼，看出九斤兒，指名罵說：「好!好，你這弄船的雜種，臭小子!招惹了三爺，可有好果子你吃!你綠了眼，掉了心，狗X的，後鎮你算是賣定了！」

九斤兒楞楞的：「你上天我九斤兒全不管，——你要是碰碰月桂姐一根汗毛，我就連根拔了你！」

宋三一臉青白，且不答嘴，搶前一步，摘下畫眉籠子，沒頭沒腦就朝九斤兒砸了過去。九斤兒一閃身，畫眉籠子砸著了牆角，就碎了；可憐那對巧嘴畫眉，嘴喙流著血，吱吱的哀叫著，在地下撲打著翅膀。宋三一鳥籠沒打著九斤兒，便打裹腿裏抽出一把攮子來，揚手插在地上，攮尖入了土，攮柄上纏的紅絹條不住的飄。

宋三料到九斤兒不敢撿刀，便一把扯開橫羅長褂兒的大襟，露出瘦骨嶙嶙的胸脯，得意揚揚的拍著，叫：「有種就撿起刀來，戳了我！——來呀！認準這兒戳，你這小子！」

九斤兒剛動腳，月桂姐一把扯住他的腰肚兒：「別跟狗一般的見識！九斤兒。」月桂姐仰著臉，懇求他。

九斤兒搖搖頭，望著那雙會說話的黑眼，衝上前，一腳踢了地上的攮子，站在宋三面前，抹起袖口，屈起碗粗的黑胳膊，無數核桃大的肉球兒喳喳滾。

宋三原本硬得緊，一瞅九斤兒的胳膊粗過自己腰眼，便軟了。

九斤兒直把胳膊壓著宋三的白粉鼻尖兒，朝前推擠，沒事沒事的傻笑說：「等你動手呀！」

宋三是隻紙老虎，不但沒動手，反吃九斤兒擠得腦袋貼著牆，想動也動不了，嘴裏還充硬說：「好罷，九斤兒，算你強！有種你就放了我！——咱們騎驢看唱本兒——走著瞧！」

九斤兒笑著說：「三爺，算你強，我放了您，您就饒了我罷？——我九斤兒是不打架的。」

宋三得了空，拾起撞破了的烏紗帽兒就走，九斤兒拾起刀來追著叫：「三爺，您的攮子啊！」

九斤兒放走了宋三，人人全替九斤兒捏把汗；那邊咚咚的鼓響，可不是起會了，單憑九斤兒方才栽了宋三那件事，宋三必在會上出死勁，栽了野集的會班兒報復。今年的籤子抽的巧，後鎮仍是頭班會，緊壓著野集，開頭就是場好戲。

陣陣龍鞭就在頭上炸，月桂姐沒覺著似的望著街。高蹻子跳過來了，撐旱船的飄過來了，一街的顏色，一街旋動的黑影；多少遙遠的往事，飄浮鞭炮的煙霧裏，劉海初覆額，鬟邊初插花，就年年騎了毛驢趕賽會；唱本上的情節，年畫上的人，自己也曾沉醉在眼前這般的煙霧中，聽鼓點子打出了流水般的安樂與承平……打從群架打開了頭，人人全爲爭會魁，奪花紅賣命，安樂就變成了憂愁。單巴望今年裏不再打群架，誰輸誰贏求公道，就好了……

「好哇，兩班會並著比啦！」

月桂姐抬頭去看，監會的兵勇街心裏站，兩班會比著肩兒跳；轎對轎，船對船，獅對獅，龍對龍。場子剛打圓，宋三便揚著嗓子叫：「嘿，二班會；敢跟咱們鬥場鼓麼？」

「領著啦！」穆老爹了不介意的一揮手，那邊轉出了四個漢子，雙手緊勒銅環，抬出一面頭號兒的紅漆大鼓。鼓身顯然頗有斤兩，累得抬鼓人蹬著腳跟，凸著肚皮，額頭跟手臂上全暴著條條青筋。緊跟著，人群裏竄出鼓手柱兒來；頭上紮著青布巾，打額頭正中紮了一個環結，光赤著上身，露出一身紅銅般筋肉，腰緣裏別著一對鼓槌兒。

「喝——好個鼓手，」柱兒一亮相，人群裏便喝起采來。

采聲還沒落，頭班會裏旋動了一柄黃羅的燈籠傘，傘底下的兜椅抬出了新鼓手，喝！那人滿臉漆刷一般的黑，腮邊炸開一撥鋼針似的叢髯，根根灰白顏色；上身套著鑲金絲滾邊的猩紅馬甲，挺著彌勒佛一般的大肚兒。

「抬——鼓來，」那鼓手陡然跳下兜椅，吼著，牛大的眼珠朝上翻，絡腮鬍子直朝上豎，威武得驚破人膽。

頭班會也抬出了頭號的大鼓。街兩邊，燃起了兩盆紅毒毒的旺火，抬鼓人費力的踏著花步，把鼓皮放在火燄上烘烤，鼓手拔出鼓槌來試鼓，鼓面悠盪，一槌下去三個點子：咚隆隆！咚隆隆！餘音嗡嗡不絕，帶著細小的鼓鈴聲（**註：凡大**

鼓之鼓腹中皆裝有鼓鈴）。

「喝，頭班會的鼓手還了得！」擠在月桂姐身後的人誇讚起來：「自打死了鼓手王大郎，後鎮的會上，多年沒跟人鬥過頭號鼓啦！」

「當然囉，」另一個接上嘴：「要不然，宋三會花了兩百銀洋請了他來？這人的名頭響雷般地，走遍北地，誰不曉得鼓打八縣的騔子老徐?!——潑辣得緊啦！」

「可也別小瞧了柱兒。」又一個說：「祖傳的一對鼓槌，他爹也鬥過王大郎，年年替野集奪過會魁。半斤對八兩，有賽頭咧！」

九斤兒自打瞧見了頭班會請來的鼓手騔子老徐，便發狠的盯著眼瞧，聽得有人議論，這才回過臉說：「這場鼓，柱兒輸定了！」

「你怎麼曉得柱兒輸定了？」月桂姐說。

九斤兒傻笑著，也不說什麼，半晌才說：「妳不信，就等著瞧罷。」

街兩邊，抬鼓人還在烘烤著鼓皮，一聲吼過，鼓面翻過去了，鼓手都還在試著鼓，咚隆隆……咚隆隆！聲音越來越響；直至鼓皮烘烤得綳綳緊，移去了火盆，雙方的鼓手掌合著鼓槌對揖過後，鬥鼓才開了頭。

先是柱兒打開了一路「插花亂鼓」——

咚隆，勒勒勒，咚，隆隆隆，勒勒，咚！……

鬍子老徐猛把鼓槌一翻，打起急雨一般的「陣鼓」來——

通通，咚隆隆咚隆隆，通通通！……

兩班會各自踏著自己的鼓點旋跳起來。跳亂鼓的間跨著跳步，隨著勒勒的配音抖著；跳陣鼓的像是發了瘋魔，全是翻花跳步。柱兒搖晃身體，右手猛擂，左手輕配；鬍子老徐雙手不離鼓沿，橫著鼓槌兒打。一霎時，鼓聲雪片般的蓋住了街道，蓋住了所有樂器，蓋住鞭炸、喝采跟喧嘩。

柱兒打了一陣「插花亂鼓」，壓不下鬍子老徐，便高舉鼓槌，一聲猛擂，雙手交打起小巧的「癲鼓」來，鼓槌交點在鼓心的一個地方，發出清新悅耳的聲音；篤篤篤，篤篤篤，東，東東，篤東，篤篤東篤東……「癲鼓」聲量輕，打的當口，全靠靈活的腕子勁，本是手鼓跟胸鼓用的，柱兒卻用在頭號鼓上，著實難得。

二班會一聽「癲鼓」響，又變了姿勢兒；鼓點子輕如小浪，會上人全變成浪裏的鵝毛，炸著衣鈴兒，碎步飄搖。頭班會那邊，鬍子老徐一臉的冷笑，正當鼓聲緊密時，出乎意外的打起了「哀鼓」；「哀鼓」是一種鈍重的慢點兒，昏昏欲

睡的聲音；蹦，蹦隆蹦，蹦，蹦蹦，蹦蹦，隆，蹦蹦……鬍子老徐一面閒閒的擊著鼓，一面分眼去望正打著「癲鼓」的柱兒。

柱兒原想用「癲鼓」去亂「陣鼓」，誰知鬍子老徐不上當，竟打出了「哀鼓」來，每一槌下去，迸出一個緩慢的鈍音，就彷彿是一隻有力的手，緊扯著自己的鼓槌。柱兒曉得，照這般打下來，只消自己略一分神，「癲鼓」的聲音打鈍了，就是鬥輸了鼓。

打了好一陣「癲鼓」，腕子本已痠疼，若也變了鼓點兒，跟著對手打「哀鼓」，定吃對方恥笑，沒路可走，只好打起精神，從「哀鼓」聲中殺出去，打起「十八番」。

柱兒的「十八番」鼓聲一起，內行人就曉得鬥鼓鬥至緊處了。俗說：「上了一山又一山，打鼓難打十八番。」「十八番」是鼓譜裏一種極難打的鼓，鼓音複雜，步步高昇，盤旋不已，沒有火候的鼓手莫想打出它來。

柱兒打著「十八番」裏的頭番鼓，鬍子老徐顯得更加悠閒了，壓住勁兒打「哀鼓」，蹦，蹦隆蹦，蹦，蹦蹦，隆蹦，隆，蹦蹦……柱兒無論怎麼賣力，鼓槌兒總擺不脫「哀鼓」的拉扯。好容易打到第二番，鼓聲才壓得住「哀鼓」，再看柱兒，渾身已潑遍了淋漓大汗；也就在「哀鼓」被壓的當口，鬍子老徐嘴咬著鼓槌兒，單手卸去了紅馬甲，露出胸窩一片黑毛，搶快了半個點兒，也打起「十八番」來。

鼓打「十八番」，不但鬥技，還要鬥耐勁。柱兒拚命起鼓時，已被「哀鼓」拖得乏了力，如今鬍子老徐卻毫不費力的跟自己接上了鼓；不但趁機接了鼓，還搶快了半個點兒，可把柱兒的心全氣炸了。

乍聽上去，鼓聲一般地響，骨子裏可大不一樣。這一來，頭班會上人儘可放心的去踏鼓點，二班會必得慢上半步，打跳躍的動作上，看會人已看出誰佔了先。

「跟上鼓——柱兒！」穆老爹叫裂了喉嚨。

柱兒滿心想跟上鼓，抬眼去看鬍子老徐，捽起鼓槌兒擂鼓，一分一毫全不相讓。柱兒咬緊牙關，使出了吃奶的力氣趕，一番又一番地打上去，總差半個點兒。鼓打到急處，除非頓下鼓槌兒，才能配上對方的鼓音，話又說回來，頓鼓也算是輸鼓，逼得柱兒只有死追死趕。

鼓打到第九番，柱兒臉色全變了，汗水直朝眼裏滴，青布頭巾也歪散著，每一鼓槌打落在鼓面上，就跟著一咬牙。鼓打到第十番，鬍子老徐越顯出精神，鼓聲越擂越響，震得人耳聾眼花。

鼓打到十一番，柱兒的眼神分散了，滿臉筋肉發出痙攣，看著鼓槌飛舞，卻聽不見鼓聲。

「看光景，柱兒是打不完十八番的了！」

「好個鬍子老徐，到底是鼓打八縣的能手！」

閒閒的議論裏夾著嘆息。不用說，輸了鼓也就輸了賽會。月桂姐眼見爹在跺腳，不由也悲哀起來；爹老了，不能再爲賽會上的事操心勞碌了，要使他退出賽會，必得在最後一年裏奪得會魁。眼看著爭強好勝的柱兒也撐持不住了，便立起身，朝九斤兒說：「放船回去罷，你說得對，野集上……今年輸……了……」

九斤兒沒聽見一般地，直把眼光盯著柱兒的鼓眼，眼見頭班會上的宋三正朝自己冷笑，便再也按捺不住了；猛可地撥開人群衝出去，搶過一根檀木花棍，墊在膝頭上一使勁，便折成兩段，掂了掂斤兩，朝柱兒叫：

「別歇鼓，接手的來了！」

鬍子老徐把鼓打到十二番，正想緊一緊鼓槌，把柱兒鬥癱下去，忽見街那邊拱廊底下竄出一個兇神般的黑小子，手提兩截檀木棒，不管好歹，接了手就擂起鼓來；奇的是一交一接，沒亂了分毫的鼓點，再看那黑小子擊鼓時的身法、手法，竟是絕大的行家。

鼓經九斤兒一接手，略一緊鼓槌，就趕上了鬍子老徐的鼓點兒，兩面鼓打出了一樣的聲音。二班會本已洩了氣，忽然聽見鼓聲加倍的響，好奇的望去，做夢也沒想到憑空飛進來助陣的，竟會是傻九斤兒，一驚一喜，更加賣起勁來。

鬍子老徐存心要試試黑小子，鼓上十三番，便不歇氣的緊。誰知九斤兒仍然沒事人一般，理著鼓槌兒打，分毫不讓。一剎的功夫，便打完了「十八番」。鬍子老徐擊完了最後一鼓，還是摸不出黑小子有多大的來頭，一時不敢先變鼓，便輕輕打著「游鼓」，等著對方。

九斤兒鬥完了「十八番」，滿身是勁，把白褂子脫了，搭上肩膀，叫：「抬鼓架兒——來！」回臉朝那邊的鬍子老徐傻笑著，露出滿嘴白牙：

「多年沒見您啦，徐老爹。我九斤兒可不敢跟您鬥鼓，分是陪著玩兒罷咧。先陪您打一套兩面雙敲的『潑風鼓』，嘿嘿嘿……再打一套『忠鼓』（註：又名宋江鼓，傳為宋江在梁山泊忠義堂聚會時打者，現已絕傳。）。」

鬍子老徐先見黑小子客套，自思鼓打八縣，從沒見過這般的人，也不過廿出頭的年歲，卻打得一手驚人的好鼓。及至九斤兒提起「忠鼓」，才勾起一宗心思來。

兩面大鼓全抬上了鼓架，鐵鍊絞緊了鼓環。九斤兒一彎腰，就擂起「潑風鼓」來；九斤兒瘋了一樣的擂著兩面的鼓皮，咚隆隆勒勒，隆，隆，隆！……鼓皮上震出的不是鼓聲，恍惚是雷炸；鼓心裡迸著另一種低沉有力的微音，帶著些蒼涼。

頭班會上的鬍子老徐，也拚命的擂著鼓，擂著擂著，忽然暴聲地：「你跟誰學的鼓？」隔著鼓聲，飄過來九斤兒侉沉沉的聲音：「家傳的。」

「上八縣的鼓王趙侉子，他是——」

「是我爹！」九斤兒咬著牙，滿眼的潮溼。

鼓槌擊在鼓皮上，那不再是鼓聲；九斤兒早就認出鬍子老徐，多年前，爹就為跟他鬥鼓打的群架！自己並不恨別的，單恨眼前這隻鼓！擂罷擂罷，心裏昇起這麼一種聲音，擂著擂著的，鬍子老徐手一鬆，落下一隻鼓槌去。

「我輸了，」鬍子老徐淒然地：「我這就封了鼓——」

九斤兒不理會，暴雷一般的鼓聲直朝開迸射著。鬍子老徐一歇手，頭班會便亂了；騰起一片喧嘩。九斤兒還是擂著鼓。二班會也跟著鼓聲瘋狂起來，高蹺子上玩著家喻戶曉的老掌故：豬八戒招親，孫猴兒偷桃鬧天宮。金龍張牙舞爪的搶珠，獅子疊有敞樓高……

那不是頭班會的宋三？眼盯著九斤兒，六神無主的踏著蹺子走；走過九斤兒面前時，蹻尖踏著了一塊瓜皮，連一聲「哎呀」還沒喊完，便塌了天一般地栽了下去。九斤兒猛可地驚醒過來，壓根兒忘了方才跟宋三鬧氣的事，撒手扔開了鼓槌兒，大步的奔了過去伸手攙扶。

宋三本以為鬍子老徐贏定了這場鼓，眼看柱兒撐持不住時，卻憑空地殺出了九斤兒來，一陣鼓逼走了鬍子老徐。惶急中栽倒了，昏昏迷迷的看見了九斤兒的臉，還以為是九斤兒暗中伸腿絆倒自己，便咬著牙，指著九斤兒，斷續的吐出幾個字：「你好！你……好……九……斤……兒……。」

九斤兒蒼白著臉：「我……我……」

還沒等九斤兒說出底下的話，後鎮會上的人便喝叫起來：「好哇！九斤兒殺了人！九斤兒殺了人！」

八

月桂姐見九斤兒鬥贏了鼓，正笑著；忽然瞅著宋三滑倒，九斤兒趕過去攙扶；宋三指著九斤兒，不知說了什麼話；卻有人叫喊：九斤兒殺了人。

月桂姐心裏一急，渾身也不知那來的力氣，沒命跟著人簇兒跑。順手撿起街心的那塊瓜皮，瓜皮上明明溜著蹻尖的印兒。

「九斤兒，九斤兒！」月桂姐哀切的叫著。

幾個縣裏的兵勇，使麻繩縛住了九斤兒，推推擁擁的翻過狀元橋，進廟去了。頭班會上的人，用門板抬走了宋三，地上流了一窪子鮮血。誰也沒料到，會正賽到熱鬧處，竟憑空鬧出了人命事，一見兵勇押了九斤兒，便跟著朝廟上擠；月桂姐在人叢裏，滿耳全是：「九斤兒殺了人了！」的聲音。

一直擠過空場，到了廟門邊，看見九斤兒脖子上套了兩付牛鐲（**註：北方用以鐲牛的一種特製鐵器**），扣在廟門裏的盤龍柱兒上，叮鈴噹琅的響著酒杯粗的鐵鍊聲。九斤兒木木呆呆的坐在廟門邊的青石鼓兒上，滿眼奇怪的神情，伸長脖頸望人。

「九斤兒。」月桂姐哽咽地叫了一聲，撲過去，卻叫兵勇擋著了。

九斤兒看見月桂姐，臉上露出笑容：

「他們全說我九斤兒殺了人了?!是非全爲多伸手。若要打這場人命官司……我早就在踢攮子的當口，把他殺了！」

「你曉得你沒殺宋三呀，九斤兒。」

九斤兒死命的抓著青石鼓兒上的獅頭：

「我說了沒用的，他們全說我九斤兒殺了的！只怪九斤兒命不好，飛來了橫禍……」九斤兒說著，眼眶又紅了：「這叫做有……口難辯，——有……口……難辯……月桂姐。」

「噢，不！不！」月桂姐和兵勇撕扯著，朝著九斤兒叫：「頭上頂著青天！他們冤不了你！」

「他們就要備文，送我到縣裏，下大牢，砍腦袋去了！」九斤兒嚷起來，銅鈴般的睜圓了眼：「五花大綁，揹上亡命旗兒，卡嚓一刀，就砍了我！哈哈，砍了我……我的船？我的船還泊在狀元橋哩！」又哀哀的朝著月桂姐：「我死前也算替野集鬧贏了一場鼓，瞧那點情份，央託他們去縣裏買張蘆蓆替我收了屍罷；就把我埋在……山坳兒……裏罷……」

兩個人，一個吃兵勇擋著，一個被牛鐲鎖著，就那麼眼淚模糊的遠遠望著。背後就是廟，就是神，就是梧桐樹跟自己靠過了的紅牆。一切全沉下去了，沉下去了，眼裏只浮現著對方的臉，浮現著一點兒遙不可及的心願。

月桂姐從夢裏醒過來，人群紛紛的散開，兵勇押解著九斤兒上路去縣城，九斤兒抱著鐵鍊走，叮鈴噹琅；叮鈴噹琅……一步一回頭，嘴裏囈語似的唱著「梁祝哀史」上的句子，幽幽的：

「路上拾個……金……豆……兒……」

月桂姐猛可地回臉朝狀元橋那邊跑。一路上，人人全笑九斤兒是個傻子——贏了鼓殺人，砍腦袋唱曲，傻得離奇。跑著跑著，撞著了柱兒。

「柱兒柱兒，你見著我爹沒有？」月桂姐氣急敗壞的：「央託你，見了我爹……跟他說……說我駕九斤兒的船……上縣城……去了。」

「老爹正找訟師寫申冤狀子哩！」柱兒眼也紅紅的：「咱們全看錯了九斤兒，……要讓人白白的冤了他，野集上人，一輩子也還不清虧欠！——無論怎樣，九斤兒怕也脫不了誤傷致死的罪，要坐幾年大牢。」

「九斤兒壓根兒沒殺人！」月桂姐叫出來：「那怕坐一天，也冤枉了！」

柱兒搖著頭：「誰也沒看清宋三怎麼摔倒，找不出證人。」

「我就是證人。」月桂姐說：「宋三明明是踩著瓜皮滑倒了的，後鎮上人狗咬呂洞賓，不識好人！」

柱兒見月桂姐搖晃著大辮子，沒頭沒腦說幾句，跳上九斤兒的船去，解了纜繩，就搖著走了；便去訟師那兒找著穆老爹，把話說了。

穆老爹正噘著嘴吹乾申冤狀子上的墨跡，一聽說月桂姐走了，忙問柱兒說：「那丫頭走了有多會兒了？」

「趕早還能追得上。——她不慣弄船的。」

穆老爹把狀子摺了，門外去牽驢，氣呼呼地：

「塌了天，也不能放著閨女拋頭露面的見官呀！若果她要跟九斤兒，也得等完了官司，慢慢的商量；這好，不明不白的追野漢子去了，不見羞的丫頭！」

說完話，一路打著青驢沿溪走，出了後鎮梢，遠遠的便看見了那條船。

月桂姐把著木船順水淌，船頭船尾團團轉，一忽兒到船尾去搖櫓，一忽兒又到船頭去撐篙。回臉瞅見爹氣喘吁吁騎驢追了來，便使長篙別住了船，無主的嗚咽著：

「爹——除了月桂，沒人洗得了九斤兒的冤……」

穆老爹正在氣頭上，不住的吹鬍子，一聽月桂姐開口就提起九斤兒，不由更動肝火，罵說：「九斤兒是妳什麼人?!臭丫頭，好不知羞。什麼事爹辦不到，要妳去?!」

月桂姐眼一紅，熱辣辣的眼淚成串的落，賭氣一鬆篙，船便滑出去了。穆老爹先是籠著驢絡頭，叉著腰，眼見閨女當真去了，便打著青驢跟船跑，一邊叫：「月桂，月桂，妳停停呀，爹我有話說妳聽。」

月桂姐不停船。

穆老爹還是跟著船跑，一邊喘著叫：「爹養了妳這多年，那點虧了慢了妳？如今爹老了，妳卻硬了翅膀……假若妳要跟那弄船的傻娃子，也得等他完了官司，再商量；不成就這麼不明不白的跟隨水漂流去……」

月桂姐還是不停船。轉過河彎兒，青青的山坳落到身後去了。日頭照亮了溪水，明明亮亮的一面鏡子，映著兩岸紫蜈蚣花的倒影。

穆老爹滿頭汗粒子，也不去抹，人在驢屁股上顛，斗篷也顛掉了，抬眼望見家門口的柳樹，聲音軟起來：「傻丫頭，妳光顧著九斤兒，想把祖傳的酒舖也扔給爹守呀！妳出遠門，也該打點些行李衣裳呀。——聽爹話，月桂，妳攏了船回舖，爹這就打點進縣城，包還妳九斤兒來。」

月桂姐搖著汗巾裏的瓜皮：「不是月桂拗著爹，九斤兒官司好歹，全在這塊瓜皮上，天這麼熱，若果爛了瓜皮，就沒證物啦！」

穆老爹扯開褂子，抹抹胸脯：「九斤兒當真沒動手？」

月桂姐嘟著嘴：「好爹，您就恁般地不信人，月桂哪天跟您打謊來?!——宋三蹻尖踏著瓜皮摔倒，九斤兒好心去攙扶，倒頂了黑鍋（**註：北方土語，意同冤枉**）。」

船到酒舖門口，穆老爹咬著嘴唇，突然換了主意：

「算妳贏了，爹著實拗不過妳。前頭就到靈溪嘴兒上的七里灘，灘又長，水又急，要入大河口；妳弄船，爹說什麼也放不下這條心。——這麼著，妳且攏了船，爹把舖裏的細軟東西收拾上船，一道兒去了罷。」

月桂姐笑起來，低頭去看流水，自已跟九斤兒神前許的心願，畢竟靈驗了。若果沒有九斤兒那場鼓，沒有人命官司那場岔，怎能過得了爹守著的這一關?!九斤兒沒做歹事，鋼刀雖快，也砍不了沒罪的人，這一去，還有什麼憂愁。

看見爹扛完了東西，月桂姐輕點了一篙，船便滑過了橋洞。

穆老爹回臉望著長招上的酒帘兒，朝月桂姐嘆口氣：「咳，為了妳這丫頭，害得爹把酒舖全丟了啦。」

「往後叫它做穆家涼棚罷！」月桂姐微笑著。

沿河的沙路上，一群人嗚嗚哇哇的吹著嗩吶，一頂花轎抖索著抬過去了。

「誰家姐妹出閣了，爹？」

穆老爹抽著煙：「金鎖兒，他，他病重了……放轎抬菊花回去沖喜……」

月桂姐不聲不響的嘆著，怪不得大清早就見菊花上廟去，提起金鎖兒就哭，會也沒看就回頭。菩薩若是公道，就該讓金鎖兒留了命，罰他一輩子再也不能踏高蹺才好。巧的是，岸上的菊花也打轎縫裏望見月桂姐，抹乾淚痕，揭開轎門問：

「穆老爹他們放船去哪嘿？」抬轎的吱牙咧齒，聳著肩膀：「奇呀！傻九斤兒帶走了月桂姐，竟陪上一個活老丈人！」

嗚嗚啦啦的嗩吶響在岸上；咿咿呀呀的櫓聲，響在溪心；月桂姐再抬頭，河崖上滿滿的全站著人，朝這邊招搖著手，喜悅裏多多少少帶著點根生土長的離愁……

「壓著船頭去！野丫頭。」穆老爹眼睛溼溼的：「櫓讓我來搖。」

月桂姐搖搖頭：「不用啦，爹。還是月桂自己搖著罷——也該學著搖船了。」

櫓聲咿咿呀呀的，流水送著船；人群漸漸的遠了，酒帘兒也被綠樹隔著了。自小就沒出過門，眼前的溪面上，只漂過年年手放的河燈；河燈漂到哪兒去？不知道。自己飄到哪兒去？也不知道。只要有了九斤兒，哪兒全好。

「哪兒是長灘呀？爹。」

穆老爹伸手指點著：「喏，紫蜈蚣盡處，就是了。」

月桂姐望過去，紫蜈蚣花真的快盡了，浪搖著一溪的紫色花串兒，依依不捨的點頭；感觸的停了櫓，就船舷近處摘幾串開得最豔的，插上了鬢角。

船到長灘頭，天地開闊起來；迎面的薰風，吹動了幾十里平疇上的綠草；千層萬褶的綠浪上，彷彿響著傻九斤兒侉木木的聲音：

「路上拾個金豆兒，

我弟是你小舅兒。

……金蓋花，銀蓋花，

我爹是你丈人……家……」

焚圖記

「但使龍城飛將在，不教胡馬渡陰山！」

楔子

你先點起燭火來，讓夜色更幽黯一點；這一頁落在歷史之外的民間故事，也邈遠得有些褪色了。它稀奇的情境，被嵌在歷史的壁面上，但它不是歷史，只是野叟們輾轉相傳的流言，亦真亦幻，似幻疑真，你既是聽故事的人，又何必去苦苦追究呢？

傳說在清代，有一位癖好收藏古玩字畫的儒士，也在這樣搖曳的燭光下，對著他的三數知己，展開

兩幅卷軸來，先展開的這幅長卷，有三幅圖像相接相啣。

第一幅圖上，現出漠漠的平沙，斑斑的衰草，風急，雲黃，一片大漠窮秋寒草衰的蕭條景色，襯映出遠處地稜間凸湧的城樓，以及雁翅般展延的城齒，一瓦剌兵立在一座土阜上，仰首吹角，無數瓦剌兵便揮動番刀，催著怒馬，疾滾而前，去攻撲那座城關；馬後的步隊蟻湧著，揚起迷眼的塵沙，有的端著銳矛，有的扯著弓箭，那許多鐵質的兵器，在斜陽的餘暉裡，炫映出一種近乎淒涼的光彩，一支蛇矛清楚的前探著，彷彿渴盼在一刹後吸飲人血的魔蛇。

依嶺盤曲的城堡，遍插著大明朝邊衛軍的旗幟。邊衛軍的守卒，林立城堞間，嚴陣以待；有的抬上弩機，有的搬運著滾木雷石。面對著蜂湧而至的瓦剌軍，以及無數面被疾風捲盪的、鑲有貂尾的瓦剌軍旗，默立著。

在城樓正中更立著一位身材壯碩、盔甲鮮明的將軍，按劍待敵，棗色的臉額間，露出沉凝肅穆的神情……關額間橫嵌一方巨石，「殺虎口」三字，經風沙長年剝蝕，已隱約的看不分明了。但題署的字跡，在業已變褐色的卷角仍然清晰可辨，上題：「將軍待敵圖」，並引一節唐詩代贊，那是：「大漠窮秋塞草衰，孤城日落鬥兵稀，身當恩遇常輕敵，力盡關山未解圍。」

落款是：「大明正統十四年閏土木之變後京師李十郎泣繪，妻孟紫菡題。」

接著展現的**另一幅圖**景，題名是「禦邊血戰圖」。畫面上呈現的，仍然是晉西北邊城要隘殺虎口的城樓，儘管城上矢石紛墜，其密如雨，但蠻悍瘋狂的瓦剌軍，仍然爭架雲梯，冒險攀城，並以長矛鏢射守軍，一時血光崩現，雙方屍積如山，激烈情狀，不可言表。前圖的那位將軍，披髮切齒，血染戰袍，在擂鼓聲中，砍劈一瓦剌躍登城樓的健卒倒地。城堞較遠處，血戰方酣，瓦剌軍呈不支狀，雲梯倒地，殘旗棄於血泊，散韁馬群，拖屍奔突，潰卒曳兵四散，幾不成軍……。

第三幅圖景展現夜暗莽原，前圖的那位將軍，率眾開關，馳騎襲敵，於瓦剌大軍圍困中，身中七箭，猶端坐馬背，揮劍狂呼，其馬前馬後，旋風疾捲，將軍頭盔爲一勁矢所貫，飛騰半空，他鬚髮倒豎，雙睛凸露，鮮血湧溢於口鼻間，威猛猙獰，而其周圍，瓦剌軍蝟集，舉長矛成陣，均不敢稍近其身。

這幅圖除題名爲「帶箭殺敵圖」外，並有李妻孟紫菡題記說：

「公宣姓，字如龍，世為軍籍，防守邊塞，禦寇有功，升任右玉守備，率軍扼殺虎口要隘。英廟正統十四年，閹寺弄權，孌倖當朝；瓦剌寇酋也先，趁機窺瞀中原，將寇軍十餘萬衆，四路入侵。宦奴王振，蠱帝親征，駕次大同，因宣化告急而返。瓦剌重兵出陰山，直薄殺虎口。宣公身沐國恩，守土有責，乃盡集一衛之兵，力扼要隘，作卵石之敵。捨死無他，衛邊土，保帝駕也。奈其副將林青，臨危見棄，開關引寇，宣公於城破時，自引勁騎突入敵陣，竟夜搏殺，身中七矢，猶揮劍殺賊，噴血狂呼天祐大明，嗚呼！感人忠烈，盡化悲風！設殺虎口未破，何來土木之變，使英廟蒙塵?!一將之折，足以崩天，此是謂也。薊州孟紫菡泣紀。」

在秋夜的嘆喟聲裡，捲藏起這幅圖來，你讀完孟紫菡的題記，對圖中的情狀，也該明白個大概了。明英宗正統十四年，也先入寇，英宗聽宦官王振的慫恿，發大軍五十萬衆，御駕親征，軍次大同，因敵情不明，中途折返，也先破殺虎口，揮軍追擊，至土木堡，大破明軍，擄英宗，俘王振，這些事蹟，都記載在史頁上，爲人所熟知。但殺虎口一役，守備宣如龍壯烈殉國，看樣子，只有這幅長卷上，留下這點兒形象和這點兒記載了。

儒士接著展開另一幅卷軸，也是一幅長卷，由三幅圖景相接相連著，不過，畫的本身明顯的遭過火劫，圖景的大部份全已燒殘了，只留下一些零碎的景象……畫裡也有一位將軍，白臉無鬚，端坐在一座帳幕裡，胸前插著一把韃靼人習用的彎刀，另兩幅圖，連這點殘賸的影子也見不著了。題記原是有的，也燒成褐黑色，難辨字跡，但落款仍署的是京師李十郎和薊州孟紫菡的名字。證其年月，知道這三幅圖，是跟前卷那三幅圖同一天繪成的，而那個被韃靼人彎刀貫腹的白臉將軍，就是傳說中開關引寇的副將林青……。

在這幅圖的圖角上，另有著一行草書字跡，一眼就看得出爲另一人所書，上面寫著：「十郎迂儒也，同為實事，何用焚圖？後之視今，一如今之視昔否？姑存其殘跡，質諸後世可也！」

題署這行字的人，竟然會是被韃靼人彎刀貫腹的殺虎口守關副將林青，——他死在李十郎繪此圖之前半個多月的光景，也就是說，那行字是鬼魂寫的。

儒士彈彈燭芯，講起那邈遠的傳說來。

夜雨蕭蕭的落著，沁人的寒意透窗而入，有人弄琴別室，叮咚斷續，不成曲調。儘管那傳說代代衍傳，到今天已有幾百年之久了，當我對著搖曳的燭火，爲你重新述說時，我耳邊彷彿仍能聽得見那不成曲調的琴聲呢！

盤石嶺下之一

盤石嶺迤邐著，相對迤邐的是蟠結的長城；紅河從嶺腳向西北流過去，流經屯兵的牧馬營，再流向口外去；紅河交叉的手臂上，是長城險要的城關——殺虎口。紅河與大黑河一樣，是兩條特異的河，它不循水向東流的慣例，反流向河套去。這兒孕育出的邊將和邊兵，也是頭角崢嶸的。殺虎口統兵的守將宣如龍，就是這麼一個有風骨的將軍。連當朝的鐵漢——兵部侍郎于謙，都推許他力抗瓦剌的戰績，給他「勇毅沉著，知兵善戰」的評語。

而宣如龍不過是隸屬於九邊重鎮之一——大同鎮轄下的右玉守備，僅僅統率著一衛駐屯在當地的戍邊軍。他常冒著迷眼的風沙，按劍登城，神情肅穆的極目北望，即使戰馬不嘯，伐鼓未鳴，他心裡卻凝重得有如壓著一塊積霜的冷石。

殺虎口在長城一線上，雖僅是一座小小的關隘，但它的形勢實在太險要了。平野的那邊，險巇的陰山橫亙著，山下就是瓦剌的重鎮西涼城，斜向西北，更有和林格爾與托克托，那都是瓦剌的牧地。誰也不會比他更清楚，崛起大漠西部的瓦剌，在短短數年間，吞併了韃靼阿魯台原有的領地，盡有大漠南北。瓦剌老酋長脫歡之子也先，是個兇悍難纏的人物，他曾親率大軍，東服兀良哈，大破女真，又西討哈密國，威凌西域各部。瓦剌是在寇酋也先的手裡興起來了，版圖之大，前所未有。他的大陣馬群，直壓向各處邊關，尤獨是殺虎口這座城關，是瓦剌亟欲拔除的眼中釘，早晚他們會來的。

這可不再是緬懷慨嘆的時候，宣如龍還記得成廟老皇爺駕崩前，大明朝赫赫的邊威，如今禦寇的長城，和東西縱走的重牆（內長城，又稱次邊。），全都是在老皇爺手上建起來的，又一手開設了九邊重鎮，分駐戍邊的屯軍，兵是兵，將是將，有幾個朝代能比得上？……當初老皇爺遷都北上，以天子守邊，前後五次親征漠北，挫韃靼，敗瓦剌，使阿魯台終生受制，那種驚天動地的氣魄，業已隨著歲月的流轉，逐漸消逝了。如今，千里邊塞，烽火不息，倒不是戍邊軍勢單力薄，而是各有汛地，缺少呼應，又拿不準瓦剌的大軍究竟攻撲哪兒？主動權一旦操之敵手，各處關隘，便都自感單薄了。

「若想靖邊，只有一個法子！」他跟他的好友，——右玉縣的李縣丞說過：

「要是朝廷能讓于大人統率五軍，開關出塞，跟瓦剌大軍決戰漠上，艱危的邊勢，真是一戰可安！」

「宣兄，你這只是一廂情願的想法，」李縣丞嘆口氣，寂寂的苦笑著：「你可曉得？兵部侍郎于大人，如今保住這塊牌子沒摘掉，哪還談得上引軍出塞？他若是有機會和也先決戰，一戰成功，會擠得正在得勢的太監王振站不住腳。王振那個老閹奴，哪會讓他有這種機會？……就算有一天，王振慫恿英廟御駕親征，他也會自己隨駕，把功勞記在他自己頭上，到那時，只怕于大人連一塊空招牌也掛不成了！」

「不要跟我說這些了！」宣如龍鎖緊雙眉說：「我不耐煩聽京師的那些事情，我們做武人，食皇朝俸祿，只要日夜操兵練勇，拚死保住這道關口，求個心安理得就成了！你我處身邊地，官卑職小，何必豎起兩耳，把煩惱朝心裡灌呢?!……再說，李兄，這些話，也只有咱們在私下說說，邊地哪一個衛所沒有閹寺的耳目？他們只是沒有在京師那麼囂張罷了！」

李縣丞聽著，把一心的悲憤化成了嘿嘿的笑聲：

「知交談論，若再不見性情，那可不把咱們悶死?!說實在話，這兩年裡，打京師逃來的人，在你汎地上投屯落戶的不在少數，除了你宣大人敢用雙肩硬頂著，換旁的參將游擊，千總把總，誰有那樣的膽子？」

「邊地有邊地的好處。」宣如龍自寬自慰的：「即使京師裡廠衛相結，鎮撫司以緝捕治獄爲能事，他們對邊鎮仍是鞭長莫及；至少，咱們還有戰死沙場、報國盡忠的機會，不至於蒙冤下獄，受閹寺鷹犬的凌虐！」

「這話說得好，不過……」李縣丞說：「不過，這幾天裡鎮撫司卻有專差到了右玉，說是要追緝要犯，也許很快就會查到你的軍屯去了。」

「什麼樣的要犯？會遁到這麼邊遠的地方來呢？」宣如龍詫異起來；因爲像鎮撫司這種使人聞名驚懼的衙門，一向難得到邊鎮來，這回他們竟然派出了專差訪拿人犯，可見案情非常緊要了。「李兄，你聽說過是什麼樣的案子嗎？」

「我也只約略聽說，這回他們訪拿的是李十郎夫婦。李十郎原是京師出名的畫師，專繪人像的，李妻孟紫菡，精文墨，善詩詞，常替十郎所繪的人像作贊。」

聽了這話，宣如龍吐了一口氣：

「我弄不懂，畫師李十郎夫婦，怎會變成廠衛捕拿的要犯?!」

「還不是開罪了那位權勢炙人的王公公，」李縣丞說：「聽說王振久慕李十郎夫婦的名氣，著人去召喚他們，要李十郎爲他繪像作贊。李十郎當時答應了，回去之後，夫妻倆一商量，認爲王振閹奴迫害忠良，欺君罔上，劣跡昭彰，畫師雖不是史家，一樣舉筆春秋，決不能迫於權勢，顛倒黑白，當夜夫妻倆就收拾細軟，逃離了京師。王振透過東廠和錦衣衛，密令緝拿，據說李十郎夫妻是逃到這一帶來了！」

「哼！」宣如龍冷哼一聲說：「這真是名符其實的小題大做，天底下的畫師多得很，見錢眼開的，見利忘義的，在在都有，他爲什麼單要苦苦威迫李十郎夫妻呢？」

「事情不是很明白嗎？」李縣丞說：「正因爲李十郎有風骨，重氣節，巨筆如椽，有了他夫婦的題署，不難傳諸久遠。誰知李十郎竟敢拒繪此圖，使得那位王公公惱羞成怒了！」

「十郎先生真是個好漢子，」宣如龍沉重的說：「鐵肩擔道義，可要比馬革裹屍更難！他若真避到這兒來，咱們拚了這條命，也得盡力維護他！」

日子匆匆過去，沒有聽到李十郎夫婦的消息。鎮撫司派到右玉縣來的專差，在各處轉了一圈兒，聽傳說也先大軍業已引出狼山，外三關所屬各隘口紛紛告急，他們嚇破了膽子，回到大同去了。

宣如龍召聚轄下的副將林青，商議怎樣禦敵？林青搖著頭嗟嘆說：

「長城一線，關隘多，兵力薄，各都司衛所守土有責，互不能援，而攻撲之權，操諸敵手；瓦剌馬群飄忽，出沒無定，邊關坐困待敵，決不是辦法。」

「情勢如此，嗟嘆無益，」宣如龍沉痛的說：「如今瓦剌犯境，如箭在弦，我們無論處境艱困到什麼程度，也得捨命盡力……。我早就料算過，也先的哨馬壓迫各處關隘，那全是障眼法，想淆亂視聽，使人弄不清他的大軍究竟從何處破關？事實上，我敢斷言他必攻殺虎口！」

林青臉色微變，戰慄的說：

「假如真的這樣，咱們非得向京師請援不可！甭說右玉的標兵和塞上的屯卒不足應付，就是大同全鎮的軍力聚合起來，也決擋不住也先數十萬驍騎勁卒！」

「十萬火急的文書，早就進了京，」宣如龍說：「咱們能等著遠水救近火？何況那些文書，能不能促使京裡發兵都在未定之天，這是不必指望的了！」

「這樣吧，」林青沉吟半晌說：「您自率步卒守關隘，屬下仍領馬軍屯駐馬營，萬一瓦剌破關，咱們還可退守盤石嶺險地待援，暫擋也先西進。」

「但願如此！」宣如龍說：「關內的萬千黎庶，全靠著咱們這道堅壁翼護，只要咱們有一口氣在，何忍使他們顛沛流離，……如今只怕瓦剌軍不經殺虎口，逕破別處關隘，那，咱們可就無能為力了！」

這樣的談論，結束在悲壯的黯然裡。

雁陣越過高天，大陣的飛向南方去，轉急的秋風以驃勁之勢，掃揚起後套一帶的黃沙，撲打著依山蜿曲的長城，塞上的秋天夠荒涼的。局勢緊張得久了，反而變成一種迫人呼吸的沉悶，也先究竟會在何時進犯何處？變成各屯處屯戶們反覆的話題。游牧的瓦剌人在整個長城一線出現著，這些飄忽的牧者，也就是瓦剌大軍的前哨，他們有足夠的戰馬、軍器，胡笳和一應攻城的用具。

守將宣如龍不理會這些，因為他斷定瓦剌必攻殺虎口，早把屯軍召齊了，分由千總把總統帶著，竟日操練，更把右玉的標兵聚合起來，讓他們守禦城牆。長城之內，各個世隸軍籍的屯戶村落，多年來，飽積禦寇的經驗，加上對守備宣大人勇猛善戰深具信心，故多能臨變不驚，暫作他們子弟兵——屯軍的後盾。而一般的邊民、商賈，眼見風雲緊急，全已紛紛向內地逃避了。

這時候，宣如龍的知友李縣丞到了關上。

「邊鎮大同府有人帶來消息，說是京師就在早晚要起兵了！」李縣丞說：「老皇爺五次北征，雖說時過境遷，但餘威尚在，我相信，只要京師的大軍一發，也先就會聞風北竄的！」

「嘿嘿嘿……」宣如龍豪情湧動，聽了這話，不禁掀髯大笑起來：「這該輪到我這武將笑你這文官了！你沒想想，寇酋也先是何等人物？咱們京師的虛實，他瞭如指掌，于公既不能掛帥，還有誰知兵?!也許瓦剌軍就等著京師發兵，他們好出兵奇襲呢！」

「照這麼說來，咱們還有什麼好倚仗的？」

宣如龍拍著胸前的甲衣說：

「形勢如此，只好倚仗咱們這一腔子的熱血了！」

李縣丞點著頭，欣慰的說：

「難得有你宣大人這樣的武將，但願能浴血退敵，保全這一方疆土。可惜那位名動京師的大畫師李十郎沒在這兒，要不然，他定會把你的事蹟畫下來，傳諸久遠的了！俗說：疾風知勁草，板蕩識忠臣。也先這次寇邊，正是做武將的建功立業的時候！」

「如今疾風沒起，您這話實在說得太早了一點。」宣如龍微笑說：「武人持節，最後方知，話又說回來，詩云：相看白刃血紛紛，死節從來豈顧勳?!即使盡忠心，成大義，求仁得仁，我也不介意十郎先生作畫流傳，史上的忠烈先賢，我哪兒敢比？」

「好！」李縣丞說：「越是謙虛，越見氣度，等我訪著李十郎夫婦，這宗事我會辦的！你一笑置之可也！」

「若不一笑置之，難道要我這區區武弁，也去學恬不知恥的王振嗎？」

兩人這樣說著，全禁不住的哄然大笑起來。

盤石嶺下之二

盤石嶺下的河灣上，有一個村落，當地居民管它叫百家屯子。屯裡住著的，全是關內各地逃來的流民和一些開罪內府、發配充軍的人犯。不過，在宣如龍的汎地上，對待他們極爲寬厚，任他們墾拓荒田，牧養牲畜，或是從事漁獵自給，也有少數孱弱的，去馬營照料馬匹，這些看馬的老伕役們，經常把一些風風雨雨的傳聞帶到屯子裡來，使人們紛紛的議論著。

議論總是沒有結果的，誰也不知道瓦剌何時會撲打哪一處關隘？左雲和右玉兩個縣份裡，能逃的全逃了，縣城裡家家關門閉戶，幾乎變成了鬼市。他們恐怕一旦瓦剌破關，會恁情燒殺、大肆擄掠。但接著又聽人傳說，說是京師業已調發五十萬大軍，要出塞征討作亂的瓦剌了。

消息確是令人振奮的，引出居庸關的大軍，由英廟御駕統領，這是像當年成廟老皇爺一樣，御駕親征，使人閉上眼也能想見那迤邐百里的旌旗。

馬營裡的老伕役劉恭五，不知在哪兒喝了幾盅酒，醉裡馬虎的笑著跑出屯子，到山邊一座土屋裡去，一時沒拿穩腳步，一跤摔在一塊臥石上，跌掉了兩顆門牙，但他仍然朝土屋裡叫喊著：

「李大爺，李大爺，這可好了，您不用再逃了！」

隨著劉恭五的叫喚，土屋裡走出一個穿著粗布衣裳的文士來，他瞇眼望著劉恭五說：

「老劉，你究竟怎麼啦？滿嘴全是血。」

劉恭五舐著跌腫的嘴唇，咿咿唔唔的說：

「李大爺，聽說京師裡發了幾十萬人馬，業已出了居庸關朝西來啦，這麼一來，瓦剌怕不望風而逃嗎？……得著這消息，我跌掉兩顆門牙也不算什麼了！」

李十郎默默的點了點頭：

「不錯，這真該算是大好的消息，假如京師的大軍能及時趕至，免去瓦剌破關燒殺，也是這一方有福，……我們這些人，遇上大亂，還能再朝哪兒逃呢？」

老伕役忍住牙疼，又說：

「您還不知道，這回英廟的御駕也出了關，督師親征，說不定會把也先逐出西狼山，到那時，咱們也好多撿幾年的太平日子過了！」

「嗯，太平?!……」李十郎沉吟著。

京師該算夠太平的了，而那種日月並不好過，足見國泰必得使民安才成；而宦官王振隻手遮天，貶黜忠良，凡是剛正不阿之士，人人自危，不用說當朝人物，就連自己夫妻倆竟也爲一幅畫像惹下大禍，亡命到邊塞來，這一路的勞頓艱辛，簡直是不堪回首了！所幸百家屯子裡，有幾個被貶謫的京師舊友能冒險協助，使自己暫時在這兒安頓下來，閹勢不消，回京無望，一個人想過太平日月，實在太難了。

目送著老伕役劉恭五的背影遠去，畫師李十郎踱回土屋裡來，嘴裡仍自言自語的喃喃著。京師發兵禦寇的消息傳自馬營，想來不會是假的。英廟御駕出關，宦官王振和廠衛的武閹必定紛起相隨，上直衛的親軍護駕，神機三大營和五軍盡出，這豈是王振能駕御得了的，他一味爭功，蠱惑皇上涉險，未免把瓦剌太看輕了！自己不是武人，不諳韜略，如今時季業已臨到秋天了，大軍發向八月即飛雪的胡天，若無知兵之將，怎能擒服慣於嚴寒霜雪的瓦剌？無論如何，兵部于大人是沒有領兵機會的，英廟這次親征，是禍？是福？說來都還在未定之天。而王振藉機綰握兵符，一旦兵臨邊土，若干不肯諂附的守正之士，又將重入牢籠了！

他把心裡的憂煩，說給他的妻子孟紫菡聽，孟紫菡停住縫綴說：

「相公，畫筆雖非史筆，同樣可見春秋，我們費盡心機，捱過千辛萬苦逃出來，恁情埋骨邊荒，再也不打算重回京師了，還有什麼可煩的呢？」

「嗨！」李十郎嘆說：

「感時憂國，人之常情，我們拒爲閹奴王振作畫頌美，這回萬一再落到他爪牙的手上，又該怎樣區處？」

「不會的。」孟紫菡端容說：「不管是瓦剌破關也好，廠衛捕緝也好，我寧願隨著相公殉身保住氣節，也不願顛倒黑白，諂附頌美。既有這樣的打算，死活都會心安，不是嗎？」

「說來還是妳想得開看得透。」做丈夫的說：「妻賢如此，我還有什麼可慮的呢！這回瓦剌蓄意犯邊，正是辨識忠奸的時辰，咱們若是歷劫不死，也好洗妥畫筆，替青史上留下幾個人物！」

隨著緊張的日子，各處的消息不斷傳到屯裡來；京師調發的大軍，業已越過宣化直指陽和，不須多少日子，就可抵達大同了。而塞外的瓦剌軍並無聞風遁逃的跡象，反而分兵數路，撲打長城沿線的各處隘口，使人摸不清對方的重兵究竟屯在哪兒？究竟會從何處破關突入？這時候，盤石嶺一帶，顯出了許多使人震駭的異象。最先是晚霞火熾，把天上地下全燒得透紅，百家屯裡有些老年人瞧著這種光景，都說是燒天火，主兵凶，殺虎口不久必有血戰。緊接著，夜有大星拖著長長的光尾，從東南斜向西北，墜落向殺虎口外的沙原。屯子裡群犬驚吠，聲如狼嚎，連李十郎夫婦也覺著這是不吉的預兆，邊塞這一帶地方，怕要遭大劫了。

隔河的馬營，更傳出好些令人駭怪的事情來；那些久經調教的戰馬，常在夜深人靜的時辰發出驚嘶，有一回，更像著魔般的，一匹又一匹掙斷韁繩，衝毀馬欄，沿河像擂鼓似的狂奔。據看管馬匹的伕役說，平素戰馬深夜常發驚嘶的事偶爾也有過，但從沒有齊聲鼓噪，彷彿見著了什麼怪物?!

緊接著馬驚之後，馬營北邊的地面生出幾里長的地裂子來，裂隙有好幾寸寬，其深無底，地隙間不斷的騰出白白的煙霧。馬營的兵勇說，地裂生煙前的那夜，他們聽見地心傳出一陣陣鼓響，俗傳那是響銅鼓，動干戈的兆示。這還不怎麼樣，最怪的是夜深時，遍地冒出紫色的鬼火來，無數團鬼火，並不像平常的綠色鬼火那樣隨風飛滾，它們是穩穩的貼在地面上，一遇著巡查過路的人，便發出吱吱的叫聲，直朝半空裡騰跳，那種聲勢，真能嚇破人膽，使人連叫都叫不出聲來。

這些傳言帶到百家屯子裡，即使平素膽氣豪壯的，也有些驚駭了。有人主張不妨捲起行李，到旁邊去避亂；有人猶豫著，壓根兒拿不定主意；有人以爲京師的大軍業已趨近大同，暫時還是守在原地爲宜，拖家帶眷的流離道途也不是個辦法。只有李十郎說：

「就算大亂將作，劫難臨頭，咱們也不能光爲自己打算，日夜費心於本身的安危進退！……宣公是個肯捨死的硬漢子，他率兵穩扼著殺虎口關隘，咱們雖不知兵，多少也能運運糧，送送草，打些雜活，哪興在臨危的辰光離他而去?!諸位要走的儘管走，我夫妻倆是絕不離屯的了！」

「李大爺說的是，」老伕役劉恭五說：「民心跟士氣，就像骨頭跟筋肉一樣，是扯著連著分不開的。殺虎口不破，百家屯平安無事，殺虎口要是有了險失，諸位的兩腿總快不過瓦剌的馬群，逃又能逃到哪兒去?」

李十郎和劉恭五的一番話，使屯子裡的人很受感動，一個個攘臂憤呼著，願意留下來作邊軍的後盾。因爲他們也深信著，京師的大軍很快就會開拔過來，適時阻住瓦剌的。誰知大軍始終不見影子，最後聽人傳講，說是京師那幾十萬大軍，軍行極緩，耗費近月的時辰，剛抵大同，糧草不足，敵情不明，聽信謠傳說是也先將率軍截斷他們的歸路，便倉皇經原路撤回去了！邊地的居民日夜翹首望大軍，誰知卻盼到這樣的結果？

消息傳來，無異是晴天霹靂，使李十郎目瞪口呆，他捏緊拳頭跟孟紫菡說：

「大軍如此，直如兒戲，看樣子，殺虎口這一場劫難，終究是難免的了！」

他把臉轉望到窗外去，他緊鎖的眉頭上，壓著盤石嶺肅殺的山容。也就在那一天的傍晚，伐鼓怒鳴著，瓦剌的重兵屯列在殺虎口外的沙原上，也先著番兵用飛箭射書，逼令守將宣如龍開關獻降，宣如龍也射書番營，題詩說是：羞為獻降將，誓作斷頭人……於是，血戰便展開了！

而盤石嶺下的百家屯子裡，住民們並不知道這些，只知道隔河的馬營寂然無聲，林青副將所統的馬軍，正等待廝殺。

驚魂之夜

日子是漆黑又悶塞的，困在百家屯子裡的住戶，連消息也很難聽得著了。也先統率的瓦刺大軍，同時攻撲晉北長城各隘口，右玉西南的水泉營、白狼溝、大河堡，殺虎口東邊的得勝口、廖家堡，全被瓦刺的前鋒一舉摧破，蜂湧燒殺過來。各關隘當中，唯有宣如龍扼守的殺虎口，在瓦刺軍滔滔滾湧的洪流裡屹立著，像一塊激起浪花的岩石。

宣如龍這樣的硬抗敵軍，使也先酋長暴怒起來，授命偏將雅不帖兒，率近萬驍騎，外加兩萬步軍健卒從四面圍壓，使右玉縣城和馬營的守軍和地方衙門，全退到殺虎口一線，然後重重圍困，反覆攻撲，好像不盡殲這支邊軍不能洩憤的樣子。

百家屯這種漆黑沉悶的日子，終於被一隊瓦刺兵的闖入打破了；那夜，山缺間的月亮打黑箍，月光異樣的森冷，望進人眼，不由人不滿心發寒，屯裡的居民都隔河遙看過瓦剌軍夜襲馬營的情形，那種搖曳的火把，潑響的馬蹄聲，野蠻的叫喊，使黑夜滾沸著。屯軍的馬隊終究太單薄，撐持不久便撤向殺虎口去，那一大片馬棚子，全被瓦剌軍縱火焚光。瓦剌軍攻撲馬營之後，百家屯的住戶就料到對方早晚會來屯裡肆虐，朝遠處逃是無能爲力了，他們只有挖掘地窖，或是躲藏到盤石嶺的僻處去，等黑夜來臨，再悄悄的溜回屯子找尋食物。誰知瓦剌兵早已窺伺著這個屯子，一隊舉著火把的騎兵，趁夜直撲進屯裡來了！

李十郎夫妻倆並沒離開他們的土屋，天黑時，兩人見著群犬吠月，心裡就怔忡的覺出會有事情發生，究竟還會有什麼事呢?!瓦剌兵業已摧破多處關隘，沿路燒殺向大同去了；殺虎口宣如龍這票人馬，變成被人四面圍撲的孤軍，掐指算來，已有半個多月了！百家屯子伏在荒落的山窩裡，僥倖避過瓦剌軍的竄擾，但沒人想到會避過這場劫難，若說有事，也就是瓦剌攻陷殺虎口，或是闖來荼毒屯子吧？

過不久，屯裡有人疾奔出來，敲響他的門戶說：

「李大爺，您得趕緊避一避！瓦剌來了！」

聲音顯得那樣喘息而惶急，沒等李十郎拔門開門，急速的腳步聲便朝山裡奔去。李十郎開門站出來一瞧，河灣那邊的遠處，火把啣著火把，瓦剌的騎兵正盤馬渡過搭在河面上的浮橋，朝屯子裡湧來。黯青裡帶著病黃色的月光，和無數噴吐黑煙的火把，染成奇異的夜色，那光景也落在河上，搖曳成曲折的倒影。

「殺虎口究竟怎樣了呢？」李十郎心裡嘀咕著。

打從京師的大軍中途折返，夫妻兩人就一直念著這個，這個關隘雖彈丸小地，但不屈不撓力抗也先的進犯，守將和邊卒，都已顯彰了大明朝武人的志節！即使在瓦剌重兵圍撲下，玉碎身殉，單就這份精神，也足以搖動瓦剌軍南犯的戰志。自己夫妻開罪閹宦，亡命邊關，若不靠宣如龍這位將軍硬頂硬抗，只怕早就被鎮撫司所遣的爪牙搜捕下獄了。不但是自己夫妻，就拿百家屯子來說，所住的，多是一代忠貞之士，換在旁人的汎地上，誰還有宣公這樣的鐵肩膀，敢承擔這付擔子？於公於私，他都不能不懸心殺虎口的安危。

但瓦剌騎兵撲進了屯子，立刻縱起火來，把東邊燒得血紅，屯裡還有些沒逃離的，被大火逐出宅子，便成爲瓦剌軍催馬追殺的對象。……他幾乎被這種景象驚呆了，若不是孟紫菡拖他進屋，他仍會呆站在那兒不知躲避；他們剛進屋掩上門，幾匹馬就啃過他們土屋前的彎路，朝西撲過去了。

「嗨，人說盛世詩書亂世刀，真有道理！」他感喟的說：「遇著這種亂局，我們眼看同屯的老弱橫遭瓦剌鐵騎踐踏，欲救無力，總不能拿著畫筆當成槍矛使啊！」

「如今空是感嘆也沒有用了！」孟紫菡說：「瓦刺也許就要來搜宅子，我們還是到河邊躲一躲吧！」

兩人用瓦盆遮擋，燃起小油盞來，說是收拾，其實也沒有什麼好收拾的，不過是一些書籍圖冊和一些畫具罷了，夫妻倆看重這些，直比性命還緊要得多。東西剛收拾妥當，忽然聽見有人輕輕的敲門。

「誰？」李十郎驚問說。

還會是誰呢？夫妻倆幾乎全以爲是瓦剌兵搜宅來了，唯一可疑的是敲門聲那麼輕，瓦刺兵不會這樣。

「請問這兒是十郎先生的寓處嗎？」門外的人說：「我是打殺虎口宣大人那兒來的，宣大人的好友，縣丞李老爺有封信，要我星夜趕來，捎給十郎先生。」

李縣丞？李十郎心想：這就怪了?!自己夫妻避到盤石嶺下來，根本沒敢驚動衙門裡的朋友，免得日後替別人添惹麻煩，這李縣丞怎會知道自己住處的呢？不過，邊局混亂到這步田地，地方衙門決不會再趨炎附勢陷害自己，去博得宦官王振的歡心，再說，既是兵備宣大人的好友，必是個正直的人物，……想到這裡，大體是放了心，但不知有什麼樣的急事，漏夜著人送書？

「我就是李十郎，」他開開門對來人說：「縣丞李老爺跟我素昧平生，不知星夜送書找我，有什麼樣的急事？……剛剛瓦剌兵進屯縱火，亂得很，有話進來說吧！」

瓦盆半覆著的燄舌，實在黯淡得很，李十郎夫妻倆勉強看得出，來人穿著青衣，戴著小帽，臉孔瘦長尖削，蒼白帶青，幾無人色；那人進了屋，掩上門，朝李十郎納頭便拜說：

「十郎先生，小人是宣大人府裡的長隨，遵照縣丞李老爺的吩咐，一路躲避瓦剌兵，差點送掉性命，總算把這封信給帶到了！」

李十郎接過對方呈上的信札，並沒急著去看，卻先急切的問說：

「殺虎口被圍多天，情形怎樣？宣大人他……還好吧？在百家屯子裡，無人不掛念著。」

他這一問，可把那長隨問得哀泣起來。

「宣大人他……他業已爲國捐軀了！」那人泣說：「瓦剌軍越殺越多，關隘危急萬分，宣大人扼守城樓，身中數箭，仍率著銳騎殺出關去，瓦剌兵齊張大弩猛射他，他，就那樣去……了！……李老爺感於宣大人死事壯烈，著小人帶信來給十郎先生，去爲宣大人畫影，但這一路上全是瓦剌兵，您這一去……？」

宣如龍將軍的死訊，使李十郎夫婦心頭如壓巨石，沉重得半晌說不出話來，那長隨一直在哀哀的啜泣著。

「你不用爲我夫婦擔心！」李十郎看完信說：「宣公忠勇爲國，力保孤城，這等烈士不去畫影，還該畫誰?!就煩你帶路，我夫婦立即動身，就是爲此捨掉性命，也是值得！」

青衣的長隨千恩萬謝的叩了頭，帶領著李十郎夫婦出屋去。打黑箍的殘月還在天邊斜掛著，百家屯裡的大火燒過去，變成一片黯色的殘紅。天不知什麼時刻起了霧障，綠森森水濛濛的霧雰，在遠近飄浮著。

青衣人在前面撥著野蘆走，彎彎曲曲的，李十郎也迷失了方向，反正有他領路，也只好跟著他走就是了。不到一個時辰之前，瓦剌兵渡過浮橋闖進屯子，殺人縱火的情景還深烙在心裡，奇的是如今去爲一個捨身報國的英雄去畫像，自己竟然一點兒也不駭懼了！

若說人活在世上還有些意味，意味正在這裡，明是非，分黑白，一切都經由自己的良心判決。若果自己夫婦肯爲宦官王振畫像作贊，千金萬金，立即可致，而也用不著逃離京師，千里迢迢的跑到邊塞來，忍受這場劫難了。但人的良知不能滲進半分假，那種事，不幹就是不幹，偏要在瓦剌兵重重圍困之下，夤夜潛向殺虎口關隘，冒著生命危險，去替守將宣如龍畫像作贊，說來無他，自己夫妻一向重視做人的意味罷了！

驚魂之夜二

水霧飄浮著，那個瘦削的青衣人引著李十郎夫婦，一路撥著野蘆，曲曲折折的朝前行走；殘月落下去，天更黑得可怕了，密密的野蘆葉子，不斷的刮著人的手和臉，使人覺得像刀鋒劃過一般的疼痛。偶爾，有火光從黑暗裡亮起，亮火處飄來瓦剌兵野蠻的叫喊聲，更使人心驚膽裂，瑟縮屏息。

這樣辛苦的曲折蛇行了約莫一個更次，有幾回，差點就被搜查的瓦剌兵發現，所幸有驚無險，終於接近了那座久被圍困的城池。青衣人先自在護城河邊的草叢間伏下身來，朝李十郎夫婦打了個手勢，那意思是要他們跟著伏身等候。

夫婦倆挨過去伏下身，抬頭看過去，靠著地稜上極為微弱的天光，可以隱約看出齒形的城堞的黑影，在高高凸起的城樓兩側翼展著。黑暗之中，見不著上面有任何動靜，寂然無聲，像是一座死城。

「這位大哥，咱們還在等著什麼?」李十郎悄聲對青衣人說：「趁著如今沒有瓦剌兵，咱們就該立即過去，叫開城門了。」

「不成。」青衣人說：「剛剛您沒聽見吹角？咱們的大隊人馬正在聚合，不一會兒，就要開關殺賊。咱們過去，若是撞上馬隊，準叫馬蹄踩扁，兩位得等著這陣兵馬過去再進關吧。」

李十郎側耳細聽，從死一般的靜寂裡，果然聽見一陣角聲，角聲是極遙遠又極微弱的，一縷細線般的，恍惚自地心被引發出來，散爲悲切之音，飄盪在濃霧裡，久久凝結著。孟紫菡也聽著了這種奇異的角聲了，她用冷冰冰的手，緊抓住她丈夫的手，掌心傳來一陣僵索，——她聽得出，這不像是人吹的角聲。

不俄頃間，更奇異的光景出現了；城樓上，城堞間，亮起無數吐黑煙的火把來，被水霧裹住的火光是一些閃著金紅芒刺的圓球，它們照亮了更多寂舉著的旗旛。城門打開了，一隊隊的兵勇踏過放下的吊橋，馬隊和步隊秩序井然，但馬不嘶，人不語，一切的進行全沒有聲音。李十郎夫妻倆心底下分別納罕著，睜大兩眼，望著這些兵勇無聲無息的走入火光照不亮的夜暗裡去，那彷彿不是行走，而是在淡藍色的夜霧裡飄著。

這支無聲無息的隊伍，過了約莫一頓飯的功夫才過完，緊接著，又有許多難民模樣的人，趁著吊橋還沒有扯起的時刻，成群結隊的朝城門那邊湧過去；青衣人站起身來朝李十郎夫婦一招手，李十郎夫婦倆便恍惚不由自主似的，跟著他捲進人叢裡去。

在一陣恍恍惚惚的混亂當中，通過了有兵勇列崗的城門甬道，再一回頭，那兩扇厚重的城門早已嚴嚴的關上了。城裡的綠霧更濃，通街黑燈黑火的，見不著絲毫光亮，只有守城的熸火還隱約的輝亮著。

混亂中一轉眼，李十郎夫妻倆再也找不到那個引他們進城的青衣人了；一隊巡查的兵勇呼叱而來，那些剛湧進城門的難民，全匿遁到暗巷裡去了，孟紫菡牽著李十郎，也趁機溜進城腳邊的一條小巷。綠色的濃霧把人黏著，他們的腳步踏下去，那些濃霧便湧騰上來，帶著刺鼻的腥氣，——一種看不見的，血的氣味。

兩人沿著城腳邊荒草沒膝的小徑朝深處走，這一帶低矮的石屋全是關門閉戶，不聞人聲，不見人影，顯出異常的荒落。按理說，在這座被圍攻已久的邊塞上，近城的地方應該有人麇集的，怎麼走了好一段路，連個人影兒也見不著呢？

「青衣人跟咱們走失了，」李十郎說：「哪兒是宣爺的住處？天這麼黑法兒，亂摸總是不成的，得找個人問問路才好。」

「是啊！」孟紫菡打著寒噤說：「這兒越走越陰森，實在怕人。適才巡兵過來，咱們就該迎上去問路，離了大街走僻巷，才真不是辦法呢。」

兩人停住腳，正在竊竊商議著，那邊的廊影下，響起一陣嘶啞的蒼老的咳嗽聲，接著，那個蒼老的聲音帶著幾分猶疑，問說：

「三更半夜的，誰還站在外頭？瓦剌兵一陣亂箭射過來，人就變成刺蝟了！」

「對不住，老大爺，」李十郎說：「咱們是打盤石嶺下的百家屯子來的，您知道宣大人的住處在什麼地方？敢煩您指條路。」

「不成，」那個蒼老的聲音說：「如今是夜禁的時辰，到處都是巡兵，你們往哪兒走全走不通，尤獨你們兩個是外地來的，若被當成瓦剌兵的奸細，那，連性命也保不住了！」

「可是，我們有急事要到宣大人那兒去，」孟紫菡說：「您還是替我們指條路吧！」

「你們聽！」那個老頭兒走出來，扯扯兩人的衣袖說：「巡兵查夜來了！你們快跟我進屋躲一躲，再有急事，也得等到明天再說。」

巡夜者雜沓的腳步聲使李十郎別無選擇，那老頭兒的話確有些道理，賁夜不入宅，在街巷裡游蕩，遇上粗鹵的兵卒，也許不容你有分辯的機會，就會揮刀砍人。老人既這樣好心關顧，那就隨他進屋躲上一夜再說。

兩人跟著那老頭兒，在巡兵腳步聲追迫之下，拐彎抹角的又走了一段路，那老頭兒伸手推開一扇門，便把兩人給帶進漆黑無光的屋裡來了。

那老頭兒關妥門戶，打火燃上了油燈，燄舌飄搖著轉旺，照亮了這間古老簡陋的石屋；屋頂上黑沉沉的泛著煙黃，四壁也空蕩無物，壁角間留著雨跡，以及黏著灰塵的蛛網，屋裡有一張木榻，一方木桌和幾條長凳。

那老人對著李十郎夫婦央說：

「兩位先請坐下歇會兒，待老朽去燒些熱茶水來給兩位潤喉。」

李十郎剛解下盛裝畫具的包裹放在桌角上，外面業已響起乒乓擂門的聲音。那老頭兒一聽，臉色突然一變，悄聲對李十郎說：

「宣大人有令，凡本城住戶，一律不准收留外間行跡不明的人。剛才老朽領兩位過來時，準是被巡夜的兵勇覺察了，兩位最好暫時委屈些，在床下躲躲，等老朽來應付他們。」

兩人無法，只好匆促的鑽進床下去。擂門聲更急，那老頭兒還沒來得及去開門，就聽轟然一聲，巡夜的官兵業已破門而入。李十郎偷眼朝外看，從床肚的橫向縫隙裡，只能看得見一列軍靴、槍桿和斜懸的刀尖。

「對不住，老大爺。」一個哨官的聲音溫而不火的說：「適才咱們發現巷裡有幾條可疑的黑影，一路匿遁過來，敢問您這兒有沒有外來的客人？」

「回哨官大人，」那老頭兒陪笑說：「老朽曉得宣大人的規章，這兒不敢收留外來的客人……。」

「慢著。」那哨官剛要轉身，忽然又轉了回來，撿起桌角的那個包裹說：「這包裹是哪兒來的?!替我搜！」

不顧那老頭兒的懇求，幾個兵勇便動手查房，不一剎功夫，便把李十郎夫婦從床下架了出來。那哨官用明晃晃的單刀指著李十郎問說：

「你們是打哪兒來的?為什麼黌夜逗留城下?」

「我是京師的畫師李十郎，」李十郎說：「這是賤內孟紫菡。我們因開罪宦官，逃離京師，托庇在宣大人的汎地上，暫借盤石嶺的百家屯子安身。昨夜瓦剌馬隊燒殺屯子，宣公府裡有人菹舍投書，說是縣丞李老爺要我夫婦趕來替宣公作畫的。」

「我丈夫說的全是實話，」孟紫菡說：「這兒是縣丞李老爺的親筆函件，呈請您過目。」

那哨官接過書信一看，急忙長揖到地說：

「原來是名動京師的十郎先生，適才粗鹵冒犯，罪過，罪過。我們宣公以孤軍力抗瓦剌，不幸爲副將林青所賣，中箭踹陣，力盡而死，我們早就渴望十郎先生來爲宣公作畫了！敢煩先生立即動身，小人護送。」

「好吧。」李十郎理理袍袖說：「天色昏暗，路徑不熟，只好勞駕引領了！」

驚魂之夜三

那哨官率著巡兵在前面引路，李十郎夫妻倆跟著，剛跨出那座民宅，回臉再望過去，光景全在一刹之間改變了。那哪兒還是宅院？只是一片殘石壘壘的荒墟，在搖曳的星光下面，朦朧隱現著。而那盞油燈還煢獨的亮在石上，原先的那個老者，轉眼化成一具腐屍，那張皺臉腫大變形，泛著苔綠色，雙手痙攣如鉤，交叉屈放在胸前，顯得令人懼怖。但這光景，眨眼便隱沒了，只落下一片煙濛荒冷的殘垣，包裹於黝黯之中。

李十郎被這種玄異的景象魘住了，恍恍惚惚的覺出這一切都不是真的，而只是一場噩夢，即使這真的是夢，也太可怕了。夫妻倆在夢景般的夜色裡走著，仍然看得見城堞間的熖火，沿途都是七縱八横的屍體；有些血肉模糊，有些渾身蝟集著箭鏃，有些被飛矛貫穿胸腹，死事悲慘壯烈，是自己從沒經歷過的景況。

說是這座城關已被瓦剌大軍攻陷了嗎？不會的，邊軍的哨官不是率著巡兵在

前面引路嗎？殺虎口雖久陷重圍，情勢危殆，至少，這支忠勇的孤軍，還在苦苦撐持著。

他在綠霧裡走著，他的思緒像游絲般的遠引，眼前的一切，都彷彿幻化成悠遠的歷史的畫境。……是啊！這是畫境，這些雲遮霧擁的畫境，是他生平從未曾經歷也難以憑空想像的。他試著咬咬指甲，很痛，又覺出這一切都是真實的，並非噩夢，它在朦朧中透著清晰，依稀裡顯著真容。他一路上重複的描摹這些畫境，它像烈酒似的直透著他的心胸。

「宣大人的府宅就在前面了，」那哨官說：「待我去通報一聲。」

綠霧裡，那哨官和巡兵過去叩門，門開了，另一個青衣人迎上來說：

「敢情是十郎先生駕到？咱們的縣丞李大人正在擔心著，怕您路上會有險失呢！」

「還好，」李十郎說：「只算是有驚無險，但那位引路的大哥，在進城時失散了，愚夫婦又迷了路途，若不遇上哨官和巡勇，今夜就摸不到這兒來了。」

青衣人領著李十郎夫妻進了那座府宅，立即，周圍慘淡的光景使李十郎停住腳步。進門是一進通道，面對著一座大廳，中間是一方石塊鋪砌成的天井，大廳內靈堂上的燭光，隱隱透射到天井的方石上。靈堂是靜寂的，三條長凳架起一具黑漆靈柩，靈柩前的供桌上，燃著兩支白蠟，靈柩下面的海碗裡，點著一盞陰戚戚的倒頭燈，而將軍那殺敵的佩劍，就橫放在供桌上。

「來的可是十郎先生？」靈堂背後閃出一條人影，急速的步下大廳石級說：「在下李治長，爲宣公守靈，沒能親迎賢伉儷，萬分失敬。」

「您就是縣丞李大人？」李十郎長揖說：「愚夫婦接奉您的書信，立即就趕進關來。宣公生前忠勇衛國，愚夫婦欽遲已久。如今他力扼孤城，死事這般壯烈，愚夫婦就是粉身碎骨，能得親到靈前祭弔也應無憾了！」

李縣丞嘆息著說：

「治長與宣大人結識多年，知之甚深。宣公義死邊塞，血染黃沙，並非爲勳名，實乃持節盡忠，守其本份而已。俗說疾風知勁草，板蕩識忠臣。做朋友的眼見知交盡節，五內俱焚，因想到您巨筆如椽，以宣大人這樣英烈死事，該可入畫了吧？」

「哪兒的話，李大人。」李十郎說：「十郎愚拙魯鈍，忝居畫壇，卻也深知守份，要不然，也不會開罪閹奴，隱遁邊疆了。舉目當世，那些持戈環甲的將帥，能如宣公這般帶箭殺敵，神勇精忠的能有幾人？十郎能以丹青繪成宣公死節，足慰生平了！」

「敢煩李大人爲我們備一份紙箔，使我夫婦在宣公靈前致祭一番。」孟紫菡說：「關於宣公濺血沙場的事蹟，也得請李大人詳述，使拙夫得以逐幅成圖。」

李縣丞一面答應著，一面央李十郎夫婦進入那座大廳。十郎夫婦都是性情中人，雖然弱不知兵，一樣能體會到浴血守關帶箭殺敵的悲壯情懷，想像到守將宣如龍鳴角開關，引軍踹陣的光景。故當踏進大廳的靈堂時，夫婦倆呆立靈前，再也止不住滿眶的熱淚了。

拜祭之後，李縣丞引著他們到廊房的靜室去，吩咐青衣人擺上酒飯來說：「瓦剌圍城甚久，關裡缺糧，薄酒無餚，不成禮數，就連這點食物，還是宣公陣亡前，夜踹敵營搶來的，賢伉儷只能委屈些了。」

瓦剌地域出產的土酒是濃烈的，李十郎心多感慨，飲不上幾杯，便已有些醉意朦朧了。靜室裡燒著羊脂燭，黃亮的燄舌上迸著彩暈，李縣丞的臉，在那種搖曳的光暈下，恍惚逐漸飄浮起來。

青衣人擦拭了長案，孟紫菡站起身，替丈夫鋪展畫紙，取出畫具。李十郎索

興微闔起眼，單聽著李縣丞述說的聲音。對方用激忿悲楚的聲音，說起瓦剌偏將雅不帖兒率著近萬驍騎圍城的景況，他們用機簧大弩猛射城樓和城堞間的守卒，又拋射火箭，使近城一帶民宅起火燃燒，變成一片焦黑的殘垣。瓦剌兵晝夜連番的攻打，使這座關隘處處險象環生，甭說是石砌的城牆，就是一塊鐵，也被這種攻撲熬紅了。

「雅不帖兒圍城十八晝夜，城牆被他們掘坑安裝的火藥桶炸毀，但宣大人仍然帶人堵塞了缺口，把蜂湧而來的瓦剌兵擊退。」

李縣丞說：「古代的張巡許遠，死守孤城也不過如此。難得宣公這樣忠烈，他並非國之重臣，只是邊塞的一位守備，大明有這麼一位不怕死的邊將，不該留名後世嗎？」

李十郎旋著酒盞，一心火燒的疼痛。

李縣丞止住了哽咽，繼續說下去：

「十八晝夜的苦撐苦熬，瓦剌兵越殺越多，城裡人缺糧，馬缺料，住民多有餓倒。瓦剌射書招降，宣大人折箭焚書，召聚士卒說：『瓦剌燒殺成性，屢屢侵邊，如龍世受朝廷恩典，食國之俸祿，自無臨危開關，忍受羞辱之理，如今處此危境，只有力拚到底，以全名節了！』……士卒倒都是深受感動，願意捨身奮搏的，誰料到副將林青暗懷異志，率著他的馬軍，開關引寇，宣公就是在那一戰中馳騎襲敵，中箭殉身的。」

李十郎聽著，那從空裡灑落的聲音是歷史上的雨，每個生於亂世的生靈，都將蓬頭跣足自其中穿過。孟紫菡略略捲起衣袖，傍案磨墨，沙沙的磨墨聲融混著敘述聲，一幅幅淺淺濃濃的畫，業已在他心裡顯現出來。

「畫吧！」

他這樣略一思索，便走到攤開素絹的長案前，握管揮毫，認真的作起畫來。

李十郎這回作畫，彷彿不是用筆尖蘸著顏色繪在絹上，而是剖開了心胸，把肺腑攤出，成一片絳色的淋漓。那些京師人士夢也夢不著的天地，黯沉沉的卷雲，黃沌沌的風沙，在那種殺氣騰騰的邊荒背景中滾迸而出的，綿長亢銳的角聲。箭急的長風吹起了城齒間挺豎著的旗幡，戍邊的兵卒們瞇起兩眼等待著，他們等待的日子裡，沒有富貴榮華，沒有功名利祿，而是等待著和強弓大弩，怒馬彎刀，常來犯邊的瓦剌人展開濺血的殺搏，野蠻的殺喊分出俄頃的死生，……這情境顯示出歷史的悲慘，從根搖撼著他的靈魂。

他畫著，危城中一切的景象都在心底重現了，他彷彿看見了盤馬執劍的宣如龍，帶領著戍卒踹入敵營。無論如何，這是值得歌讚的，這座要隘翼護著左雲右玉一帶萬千黎庶的性命，儘管關隘處境絕望，至少可以暫時阻滯瓦剌東進的兵鋒，以犧牲換取黎庶們逃命的機會。

三幅圖繪起來毋需多少時辰，孟紫菡提筆作贊更是一揮而就。繪事完畢，李縣丞立即拱告說：

「孤城危境，蒙十郎先生賢伉儷夤夜奔波來此，治長萬分感激。現已備妥腳力，仍著人引領賢伉儷出城。」

「如今瓦剌兵馬，遍野皆是，」李十郎搖頭說：「百家屯早被亂兵縱火焚燒，愚夫婦與其逃竄郊野，匿伏榛莽，不如留在此地，與守城將士同當劫難了。」

「先生文弱之士，留此無益，」李縣丞說：「俗云：盛世詩書亂世刀。屯軍戍卒，地方官吏，均係守土有責，不得輕離，您可無需涉險。再說，這三幅畫，還得托賢伉儷帶出保存，免得毀於兵燹，等日後遇上有緣人將其留諸後世，這全繫於先生了。」

「既然如此，愚夫婦不再堅留。」

李十郎說：「至於這三幅圖，請大人放心，只要在下留得三寸氣，即使原圖有失，一樣補得。」

夢一般的和李縣丞道別，跨上馬，那座府宅便又像適才那樣的隱沒了，哪兒還有靈堂？哪兒還有靜室？哪兒還有李縣丞和青衣人?!一樣是焦黑的殘垣，影影幢幢的豎立著，殘垣滾動著碧瑩瑩的燐火。

「這真的是在作夢了，十郎。」孟紫菡說：「多怕人的夢境。」

「妳瞧，三幅圖還在這裡，哪會是夢呢?!」

李十郎摸出三幅摺妥的畫像來，一口咬定說是真的，他又指著馬說：

「這兩匹腳力馱著咱們，總該是真的，無論如何，咱們得摸出關去，等到天亮再說。」

綠霧仍在各處瀰漫著，天已交到三更之後了。兩匹馬馱著李十郎夫婦，無聲無息的走著，又恍惚飄著。關隘的外面，不時興起人喊馬嘶聲，金鐵交鳴的殺搏聲，斷續的角咽聲，也不知是遠是近？忽然間，那邊有一路火把的光亮，飄飄搖搖的逼近了。

李十郎收韁勒馬，驚疑的望著，霧裡的火把幻迸成一圈圈彩色的暈輪，使他一時看不清來人的服飾和形貌，他只好跟孟紫菡打了個手勢，兩人撥轉馬頭，退進一道狹窄的暗巷。

「您……您不是十郎李爺嗎？」暗巷裡有個聲音說。

李十郎抬眼一瞧，原來是曾到百家屯送信，又引著他進關隘來的青衣人。看光景他是受傷了，他躺臥在巷角，雙手抱著膝蓋，說話時帶著痛楚的呻吟。

「你是怎麼了？」李十郎下馬說。

「小人進城時遇上馬隊，不當心叫馬蹄踢中了膝蓋，爬起身再找您，就不見影兒了。」那瘦削的長隨說：「您不是要出城嗎？您得趕快躲一躲，來的這撥馬隊，是叛將林青那一股，他們若是找著您，那可有了麻煩了！」

「叛將的馬隊竟又闖進關來?!」孟紫菡也下馬趨前，搖著那長隨的肩膀，急切的問說：「這兒業已被瓦刺兵攻破了嗎?!」

那青衣人點點頭說：

「宣大人力戰陣亡，各處都陷入亂戰，您還是快……快走吧！」

李十郎還待問什麼，嗖的一支箭嵌進那長隨的胸口，那人嗒然垂頭。火把的光亮逐漸逼近，李十郎再看，那長隨身上的青衣，轉瞬化盡了，一個原是血肉的身軀裸露出來，變成一具白骨燐燐的骷髏。

「好啦！畫師李十郎夫婦在這兒啦！」他同時聽見有人這樣喊叫說：「咱們把他請回營帳，好向林將軍交差，快過來扶他們上馬！」

不容李十郎夫妻倆分說，那群馬兵就一鬨而上，把他和孟紫菡簇擁到馬背上去，一路吆喝著出了關隘。

曠野上夜風猛烈，絞得那些火把燄舌飛揚，變成陰慘的褐色，——一種凝血的顏色。雲層是那麼厚重，抬頭不見半粒星芒。馬隊捲行而過，輕飄飄空盪盪的，根本聽不見蹄聲。至於這些馬兵究竟是人是鬼？李十郎夫婦早已無心再去計較了，他只想到殺虎口要隘，十有八九已被瓦剌攻破，那些邊兵戍卒和黎民百姓，也遭著了玉石俱焚的劫數，內心慘惻，更激起對叛將林青的憤恨來。……我倒要見見這個臨危開關的叛賊，看他還有什麼臉見人?!他心裡只是翻騰著這樣的聲音。

陰慘的火光照不亮四周的沉黑，只有馬匹行經處的亂石，旱蘆的影子，不斷出現著。

「啊！咱們得走快點兒，天飄起雨來了！」

「不妙，」另一個騎馬的兵卒說：「真的落起雨來了呢！」

李十郎仰起臉來，發覺天真的飄起細雨來了，雨絲細而密，挾著一片冰寒，但他仍然弄不懂那些馬兵爲什麼會怕雨？就在這辰光，他覺得座下的馬匹突然像失了蹄似的軟了下去，再看前後的馬匹也都這樣，他這才弄清楚，原來自己夫妻和那些馬兵所騎的並非真馬，而是一些紙糊的紮物，這些紮物一經雨淋，便東倒西歪的現了原形。至於那些馬兵呢，紛紛抛卻火把，抱頭鼠竄的尖叫著，化成一團團綠瑩瑩的燐火，朝四面飛滾開去了。

夜風陡然轉緊，使那密密的紅雨更落得大了，雨點打在那些紙馬身上，沙沙的響成一片。李十郎撿起一支尙未熄滅的火把，牽住孟紫菡說：

「夢倒不是夢，咱們遇著的，都非生人，如今雨勢轉急，得找個地方避雨才好。」

「喏，那邊黑影幢幢的，不是營帳嗎？」孟紫菡指著說。

不錯，那真是一片營帳，一片寂然無人的廢帳，李十郎牽著孟紫菡奔了過去，用火把照出那正是副將林青所統率的、傳說是開關降敵的馬營。很顯然的，叛軍叛將非但求榮未果，反而被蠻野的瓦剌人大舉圍襲，掃數殲屠了。營帳四周，盡是些腥臭撲鼻的腐屍和腹肚腫脹的死馬，在這些屍體間，散佈著被踐踏過的殘碎旗幡，刀矛之類的兵刃，又是一片觸目生悲的慘景。

兩夫妻走過去，綠霧中隱約透出燈火的光亮來，那分明是中軍大帳，帳裡燃著羊脂蠟，一個白臉無鬚的將軍，穿著重鎧，兩手抱劍，坐在一把交椅上。

「十郎先生，賢伉儷終於來了！」那將軍發聲說：「末將林青，在這兒等候多時，天陰雨溼，正好與賢伉儷煮酒長談呢。」

「你可是臨危棄城，開關降敵，使主將宣如龍陷身敵陣，帶箭而亡的馬營叛將?!」李十郎昂然入帳，用火把指著對方說：「叛臣賊子，我與你有什麼話好談？」

對方聽了話，並沒有動怒，反而擺手說：

「先生誤聽傳言，即加責難，足見先生忠肝義膽，熱血如潮，但仍略見魯鈍也！末將敢問先生，所謂開關引寇也者，係傳言？抑爲眼見？爲何不容末將申述？」

李十郎朝天盪出個哈哈說：

「聽林將軍這一說，愚夫婦聽信傳言，盛氣而來，反而顯得孟浪了！十郎開罪閹宦，亡命邊關，既非法曹，又非史臣，聽話的胸襟，該當有的。」

「來人，」那將軍擊掌吩咐說：「爲十郎先生備酒驅寒。」

又是一種夢般的情境展開了，那彷彿不是鬼域，中軍帳裡，人來人往的忙碌著擺下筵席來，白面無鬚的副將林青侃侃的說起他的遭遇來。按照林青的說法，宣如龍寧爲玉碎，誓死守城是英雄本色，他除欽仰之外，無可置評；但他之開關，並非降敵，而因關內絕糧，且不利馬戰，使他必得引軍而出，欲求與瓦剌決戰於曠野。

「當時關隘多處殘破，敵我混戰，」林青說：「末將所統馬軍屯於城東，而宣公所率步卒屯於城西，情勢危急，難以連絡。李縣丞弱不知兵，以余開關而出，致生降敵之疑。但以訛傳訛，使末將沉冤事小，馬軍忠義，殉身而受屈，實所不忍。夜來聞說李縣丞接引先生入關，爲宣公繪影，故此亦差馬軍迎護，一吐衷曲！」

「哦，原來是這等的？」李十郎困惑起來。

「馬軍於關外平野紮營，」林青說：「射書番營，以求一決戰，末將曾正告瓦剌偏將雅不帖兒，不須爲難關內百姓，兩軍對陣，儘可殲屠，……先生適間於帳外所見，即爲戰後光景了！」

夜風搖盪燭影，真與幻實在難分，李十郎酒意上湧，不禁廢然長嘆，深感史筆之重，既已爲宣公繪影作贊，焉可捨棄副將林青所統的這支孤軍？當時就呼喚設案，一樣鋪展畫具，作了三幅畫，但長案一端，正升起驅寒的爐火，李十郎一邊畫著，一邊移動紙筆，畫幅一端垂入爐中，便熊熊的燃燒起來。

副將林青誤以爲是李十郎居心如此，不由變了臉色，伸手搶出沒曾焚盡的殘圖說：

「真蹟湮泯，案疑千古，先生固執如此，忍人也！」

忽然間，燭光轉綠，滿眼陰森，一切幻景都凝寂了。廢帳裡端坐著的，不再是白臉無鬚的將軍，而是一付加在白骨上的鎧甲，有一把瓦剌人慣用的彎刀，穿胸貫腹，掛在那付鎧甲上。

尾聲

故事說完了，而夜雨還在蕭蕭的落著，叮叮咚咚，不成曲調的琴音，仍在別室流響。那儒士嘆息說：

「我國治史，往往有空而無地，今人只知讀史，哪能分得出史的真容?!宣如龍與林青間的疑案，當時已難分辨，況乎後世?更何況邊關一隘，這些不入史的人物之有無尙待考證?……當做荒緲的故事聽，也就罷了!」

「考證?考證!」另一個老者恨聲說：「爲何當世之人，不能把史實詳留後世?使咱們子孫萬代修史的人，光是在考證裡打轉，陷身一輩子，考出來的也許仍是訛誤的一面，這些害人的史籍，倒不如付之於火，反而活得輕鬆，沒有牽累呢!」

「你瞧，你這又在說夢了。」那儒士說：「真真幻幻，誰可分辨?誰可定評?一代一代的人，既活著，就得找些事幹!你管得著千秋萬世嗎?」

「嘿嘿，」老者豁達的笑說：「要不然，哪會有『人生不滿百，常懷千歲憂』的詩句來著?!我雖已斑鬢老耆，究竟還活著，算是這一代人呢！先天下之憂而憂，難道不是做人的本份麼?」

山

黑色的山齒在遠天略帶灰褐的湛藍裏凸現著。鴿翅般的雲塊，繞住那幾座挺拔的尖峰，翻滾著，湧騰著。雲頭的上面，有幾隻蒼鷹，趁著風勢展平翅膀，沿著山缺間洪水沖出的乾溝子游弋，彷彿要從溝裏散舖著的漂石中間，尋覓野兔之類的美味的獵物。

風是那樣獰猛，絞起無數粗糙的沙粒，鞭刷著那些磨盤大的石塊，長年久月的剝蝕，使石面上起了凹凸不平的孔穴，而沙粒仍然無休歇的鞭刷著，聽上去像一陣陣斜飛的急雨，使這塊荒天窪野，懸起一面渾沌沌的沙障。即使是晴天，也有一股子野性的凄慘，含蘊在那種荒涼的光景裏面。

日頭偏西了，風吼和沙吟變得更猛烈起來，乾溝子兩岸的山茅草剛勁的葉子互擊著，發出一些單調的騷響，彷彿是一群受驚的人，在說著他們心窩裏潛藏的隱憂。這時候，有幾個疲乏憔悴的人臉，打草叢裏探了出來。

「再巴不著興隆店，咱們就完啦！天爺。」

「也快到了。」另一個安慰著：「只要前頭不遇上岔事，咱們爬也會爬到鎮上，吃它一餐飽茶飯。」

撥開草葉走出來的，是幾個衣裳襤褸的漢子，有的揹著包袱，有的挑著逃荒的擔子，還有的牽著牲口；一個穿了褪色藍布衫子的年輕婦人，用黑布巾包著頭，懷裏還抱著個奶娃子。壓後走著個白鬚白髮的老頭兒，腰桿有些駝，穿著藏青大布的褂褲，攔腰勒著寬板帶，脅間斜插著一根短煙桿；他身旁走著個傻不楞登的半椿小子，擔著兩隻小木箱兒。他們順著乾溝子，在那些大大小小的漂石間摸索著朝前走，有時顯出他們的背影，有時只見著一片渾沌沌的沙霧。

這兒那兒，不是荒就是亂；這群人全是逃荒避亂在路上遇著的。你也唏吁過，他也慨嘆過，總覺日子艱難得不像是人過的日子；荒不怕荒，荒了今年荒不了明年，怕就怕在荒跟亂牽連到一起，那可夠苦了。

人這玩意兒也有主賤的地方，有些不安本分的忍不了饑寒，扯起槍銃刀矛，成群結陣的横了起來，胡天胡地的亂搶掠；你拉紅槍會，他集小刀會，開初不是搶掠人的，只是張起勢力保地方，但跟土匪霸爺們砍砍殺殺的起鬨對陣之後，人便殺紅了眼，只記著仇恨和報復。

好罷，你結股兒來搶我，明兒我就拉槍去搶你，你在這兒惹出三條人命，我就得放倒你六條人命；這麼一拉大鋸，起荒的縣份，鄉野上的人家不久全變成了盜戶，搶人的同時又是被搶的，一本爛賬，沒誰能算得清。也有許多安分純良的住戶，不願意餓著肚皮在心裏狂燒恨火，盲目攪混下去，便選著容易安身的鄉鎮暫且存身，等待混水變清，好回到往昔那種和樂安詳的老日月裏去，重新扶犁扛耙過日子。但那種夢想的日月，彷彿被這一陣荒亂的狂風吹得很遠，今天的饑饉和乾渴，使人簡直就打不起精神去談說明天了。

「它娘的，這種砂風，打爛人臉啦！」

那個擔木箱的楞小子擠著乾澀的眼皮子，這麼抱怨的嘰咕著。

「替我閉上嘴，省些吐沫罷，小葫蘆！」駝背老頭兒說：「人再苦，也只能怨人，用不著去怨天。」

小葫蘆偷望了年老的師傅一眼，舐舐乾裂的嘴唇，不敢再說話了。師傅常跟人指說自己楞，其實師傅更楞，荒亂業已鬧得使人紛紛拋下家業田地了，他還那麼死心眼兒，說什麼也不肯拋下這兩隻裝著木偶戲行頭的箱子。

這年頭，人常餓得直不起腰來，哪還有心腸花錢看木偶戲？自己餓得虛虛的，還擔著兩箱木偶人兒，實在沒道理。……儘管這樣，小葫蘆可不敢怨師傅。五年前，就在身後那道山齒那邊的山原上，師傅像是撿野芋一樣撿著了自己。那年也是鬧荒旱罷，毒毒的太陽把乾溝子裏的石頭烤得火燙的，遠望生煙；山坡上大片的綠竹林，逐漸變成枯黃夾綠的斑爛色，葉面起黑點，葉尖也乾枯捲曲了；山田沒收成，山村裏的人只好掘樹根，剝樹皮吃，一夏旱過去，滿山的死樹變得那樣駭人，那哪兒還是樹木？全是些冤魂般的白骨骷髏，成排的站在風裏哭喊著。

直到如今，那可怖的影象還在自己心裏烙印著。爹在外鄉淌日子，自己從來沒見過他的面，只有黃皮寡瘦的老娘帶著自己在熬旱。一個灰冷的夜晚，黑釉的油燈盞吐出來的火焰，還憂傷的，一粒豆似的，炙在人深邃的記憶中，燈影描出躺在土炕蓆上的媽，緊閉著嘴，兩眼的眼窩陷成兩個黑洞，一床藍印花布的單被，蓋不住她瘦削得凸起的骨骼。她就在焰舌飄搖裏去了。

當時他以爲是白骨般的死樹作祟，用它們怒張的魔爪攫去了人的靈魂。便抓起一柄芟刀，哭喊著，咒罵著，跑在慘淡的月亮地裏，揮刀亂砍那些死樹的枝柯。……他是昏倒在死樹邊，被師傅過路遇上的。五年的時日，他變成一個熟練的玩木偶戲的夥計，日子飄流浪盪，半饑不飽，過得並不算好，至少師徒倆還活著，比熬旱要強得多。木偶人既養活過自己，若真白白的扔了，當然也不妥當。

「我說，老爹，腳下離興隆店還有多少路程？」牽牲口的漢子搥著後腰，半帶呻吟的問說。

「快了，快了，」駝背的老頭兒說：「若不是砂煙障眼，再有個把時辰，就該望得見啦！」

「不要再哄人了，老爹。」年輕的婦人絕望的說：「這種話，你說過三回了。」

駝背老頭兒沉沉的嘆了一口氣，人在這饑餓乾渴的時辰，若不把前頭的路程說近點兒，誰還能掙扎著撐持下去？不拿話哄著他們，也許就會有人倒斃在路上，做了餵鷹的材料。

「這回我可沒打謊，小嫂子。」他說：「興隆店真的不遠了。」

天光逐漸黯下來，隔著沙霧的斜陽，變成淡而無力的影子，蒼白裏泛著幾分橙黃，那光景，倒有些像初升的圓月。乾溝子愈走愈窄，曲折的盤旋著。興隆店這個鎮甸的名字，像一盞初亮的燈火，在人心裏照著光。

一個在黑色的大山原邊緣的鎮甸，原是個湮荒的地方，打從興隆記紙坊設立之後，才逐漸有了興隆店這個名字。幾十年了，鎮甸上的住戶並不多，而興隆記紙坊產製的各式紙張，卻行銷了好幾個縣份。興隆記的紙，紙質好，韌力強，歸功於紙坊主人鄭興隆懂得選取泡製紙漿的材料，鄭家在大山原上的祖業——大片的荒山，由他一手開拓出來，種竹種棉，這都是泡製紙漿的好材料。

由於紙坊生意鼎盛，興隆店變成遠近人們心目裏繁華富庶的地方，也就成了人們逃荒避亂的好去處。鄭興隆鄭大爺是條剛直的漢子，手底下有一支實力硬扎的保鄉團隊，是以附近的股匪霸爺雖望著興隆店眼紅，卻不敢輕率的動手。

在乾溝子裏走著的這群人，全曉得這個。

「就算巴著了興隆店罷，咱們安穩又能安穩多久呢？」牽驢的漢子這樣說著。他瘦得皮包骨架，走路時有些顛躓，細長的頸子幾乎經不住腦袋的重壓，老是前扭後扭的，使他的頭不停的點晃。

「是啊！」走在前頭的一個穿黑衣的漢子說：「聽人謠傳，說是股匪頭兒褚小昌那夥子人，跟大山原裏那些窮凶的住戶套近乎，慫恿他們燒棉田，刨竹山，先斷了興隆記造紙的材料，再遞帖子威脅著要錢呢！」

「股匪威脅民戶，倒是尋常事，」另一個說：「大山原上的住戶要真這麼做，那可就太絕了！他們早先全是逃荒戶，靠鄭大爺在興隆店放大賑，才得苟延性命，後來鄭大爺開拓山原祖業，安頓了他們幾百戶，有恩不報，反而倒打一耙，那還算人?!」

「這很難說，」牽驢的漢子聲音沉沉的：「一樣是逃荒戶，良莠不齊，流品複雜，其中只要有人一鼓動，那些不安分的，就起鬨鬧開了。」

「鄭興隆鄭大爺也不是好欺的。」穿黑衣的漢子說：「聽人講，說他在興隆店張貼子募鄉勇，又進城備辦槍銃火藥，看光景，一場拚鬥很難免得了。他總不能任人燒棉田，刨竹山，斷了泡製紙漿的來源，——大山原上那片祖業保不住，他的紙坊就完了。」

風在人的頭頂上怒吼，沙霧滑過溝沿，煙似的滾騰著，幸好人走在溝底下，風勢略略收煞些，才有張口說話的機會。斜西的太陽落得很快，不一會兒功夫，他們走出深凹的溝底爬到平野上來，陽光早已沒了，只在黑色山齒的凹處，黃沌沌的暮靄裏，露著一個黯濁的紅輪。

「大夥兒再咬牙撐持一陣。」駝背老頭兒說：「腳下離興隆店只有四五里地了。」

剛離開了乾溝子，穿黑衣的漢子忽然機警的停住腳步，朝後打手勢招呼說：

「快伏下身，有馬隊來了！」

群馬的蹄聲果然雜雜沓沓的一路疾滾過來，不一會兒功夫，有六七匹馬從他們伏身不遠的地方飛掠過去。穿黑衣的漢子偷眼看著馬上那些人的裝束，回過臉去，低聲的說：

「沒錯，他們是褚小昌那一股子！竟然闖到興隆店的大門口來了。」

聽話的心裏全緊了一緊，褚小昌那股人，在各股土匪裏頭，最是兇惡無情，做起案來狠絕到極點，怨不得他會搶先來打興隆店的主意，這是一塊濺油的肥肉啊！……按理說，像褚小昌這樣的大股土匪，不該幹那種攔路打劫的零票買賣的，但他手底下的那些傢伙，一向連拎雞拎鴨做小買賣的都不肯放過，假如叫他們瞧著了，只怕連一身的衣褲全保不住。

他們伏在大塊的漂石背後，耳聽那陣馬蹄聲響到遠處去，這才喘出一口氣來。也許暮色轉濃，沙霧遮掩罷，馬背上的傢伙並沒發現乾溝子裏有人藏匿著。這樣，他們仍足足蹲伏了半個時辰，等到四周除了風吼，再聽不著其餘的動靜了，幾個人才敢站起身來，招呼著，重新上路。

天，說黑就黑了下來，雲縫裏有幾粒似有還無的疏星，一片模糊幽黯的微光，描出眼前石塊的影子。俗說，不怕沒得吃，不怕沒得住，只怕石頭地上趕黑路。那不再是走，而是邊摸邊爬，這麼一來，麻煩事兒可就鬧大了；先是毛驢踩著碎石，蹄下打滑，摔跛了後腿，再是那年輕的婦人疲憊過度，暈倒了。牽驢的瘦漢子只顧疼惜他那匹馱著行囊雜物的牲口，其餘的幾個都忙著救助那婦人。

駝背老頭兒在大夥兒爲難的當口，咬咬牙跟徒弟說：

「把箱子扔掉罷，小葫蘆，你攙扶著這位嫂子，奶孩子我抱，咱們總不能把活人扔在荒野地上。」

「可是，師傅，咱們是這行當吃飯的……。」

「甭說了。」駝背老頭兒說：「行業總能改換，丟掉的人命卻活不轉來，咱們走罷。」

那天夜晚，他們終於巴著了興隆店。

駝背老頭兒師徒倆清晨醒過來，捲起他們鋪在街廊下的行李捲兒。狂吹了一日夜的風變得輕微了，在水洗般的明麗的曦光裏，高天上的卷雲一朵朵的，鳥一般輕快的飛著，一剎間飛遠了，只留下一塊深深的空藍。住戶都還沒開門，街廊下躺滿了各處逃來這鎮甸避難的流民，展佈出一片灰藍帶黑的，沾沙帶土的顏色，彷彿把這個安謐的鎮街也染得寒傖襤褸了。

「總有好幾百口兒，」小葫蘆望著說：「真夠慘的，好些人一醒過來，就哭得揉紅兩眼，誰曉得他們遇過什麼樣的傷心事情？」

「還會有什麼旁的？」做師傅的把行李捲兒捲妥了，拎著靠在牆腳上：「有些莊宅被人搗毀了，有些人家連糧種全叫劫走了，有些家裏叫綁了票去，有些人餓倒在半路上，在這兒的人雖算留了命，卻得把辛酸苦楚揹在身上，荒亂年成，做人難吶！」

一聲慨嘆把昨天同過路的黑衣漢子驚動了，他踱過來，感慨的說：

「好死不如賴活，老爹，巴著興隆店，留命過荒年，苦還算有苦福的。」

「說得是啊，」一個中年婦人靠在廊柱上說：「在興隆店，鄭興隆大爺開倉撥糧放大賑，一天有兩頓賑粥，餓不死人。那些年輕力壯的漢子，應募當鄉勇，更能安心活下去。只要大夥合力擋住匪盜不進鎮來，這兒的人，就不會再遭大劫難了。」

「募鄉勇，我去可成？師傅。」小葫蘆眨著眼，瞳仁閃出光采來：「昨晚上我照您的吩咐，把那兩箱吃飯的行當給扔在乾溝子裏去了，我當鄉勇養活您，正如您所說的，換了新行當啦。」

駝背老頭兒蹲下身，穩坐在他自己的腳跟上，取出腰裏的煙桿，裝了一袋煙，一面打火吸著，一面搖搖頭，皺臉上帶著憂鬱鬱的苦笑說：

「用不著你窮打主意，小葫蘆。鄭大爺他那鄉勇隊裏，多你不多，少你不少。憑你這半樁小子，手裏多桿槍銃，就能擋得住滔滔亂世？」

小葫蘆被師傅這麼一說，兩眼睜得大大的，輕攏著眉毛，臉上泛著困惑的樣子，傻傻的楞在那裏了，他那半歪側著的稚氣的臉，像冰凍般的凝結起來。做師傅的多望了他一眼，覺得自己心裏頂著撞著的那種思緒，並沒能明白的說出來，無怪小葫蘆不懂得，再想說幾句什麼，連自己也不知怎麼說才夠妥切？一時打不得那種鎖結，便拚命的叭著煙，使那層濃郁的煙霧，在他眼前障掛著。

「師傅，」小葫蘆楞半晌，還是彆出話來：「難道咱們也靠領賑粥過日子？」

「那也不至於，」駝背老頭兒說：「讓我好生想想，看咱們師徒兩個，能幹些什麼更有用的事情？」

銅鑼在灰黃的街道上迸出金屬亢烈的震顫，初露的太陽光映亮了西廊下垂掛著的紅玉米的串子，和一些等著風乾的葫蘆；沉黯的，油漆斑剝的店招，被偶來的晨風鼓出些奇怪的聲音。流民們紛紛趕到街口的空場子上去，等候領早粥裏腹。

招募鄉勇的帖子，就貼在興隆記紙坊門前的影壁牆上。駝背老頭兒帶著小葫蘆擠過去時，正趕上鄭興隆鄭大爺出來，親自督理著放粥。

「興隆記紙坊，就要關門歇業了！」他跟坊上的人說：「昨天夜晚，股匪的馬隊送信來，他們拿搗毀我在大山原上的祖業——棉田和竹山威逼我，要我一萬大洋！……」

場子上的人群寂靜下來，變得鴉雀無聲，有許多陰鬱的，含怨帶恨的火花，從許多眼裏迸射出來；荒和亂把他們逼到這鎭市上來，氣還沒喘定，黑沉沉的魔手又朝興隆店伸過來了，人逼人，究竟要把人逼到那一步呢？事情明擺著，股匪們只要扯倒了興隆記紙坊，他們放馬興隆店，就跟走大路的方便了！事情逼到頭上，鄭興隆鄭大爺怎樣處斷呢？

「我想過了！」鄭興隆皺起濃黑的眉毛：「我寧願讓大山原上的棉田和竹山被他們毀掉，也不願忍氣吞聲，跟緒小昌和山原上的凶戶們低頭，撒出錢去增長他們的氣燄！花錢事小，屈理事大，死活我不能讓理字受屈！」

人群被他這番言語激動了，引起鼎沸的議論來。

「替我記住，小葫蘆。」駝背老頭兒跟做徒弟的說：「這話也正是我要說的！——你日後處世爲人，抱著理，遠比抱著刀矛槍銃要強。」

「這兒不是官府衙門，列位。」鄭興隆等到議論聲略見平復了，又清了清嗓子說：「當然治不了大荒，也理不了大亂，至少，咱們得保住這塊巴掌大的興隆店，讓理法有個彰顯！這兒的鄉隊，只管自衛，股匪所要的數目，我寧願如數拿出來擴大鄉隊，人不犯咱們，咱們不去犯人，先把這陣荒亂熬過去再說。」

凡是聽著鄭興隆說話的，沒有不誇讚這位年近半百的紙坊主人是萬家生佛的，只有駝背老頭兒寂寂的搖頭，喃喃的說：

「鄭興隆這樣做，好雖好，但他拋開大山原上那片祖業，一個理字，業已委屈了半邊。」

一個玩木偶戲流轉四鄉的老頭兒，又落魄，又潦倒，他的言語就是說給誰聽，誰也不會肯聽的。就算鄉隊整理得更硬扎了，一隻巴掌也遮不住幾十里外那片黑色的大山原，駝背老頭兒說的，只是夢話罷了。

鄉勇不需費力招募，凡是拿得動刀槍棍棒的，全報名列冊，自願守著這座鎮店。駝背老頭兒卻領著小葫蘆，取出小錢袋裏積鑽的錢，買了一壺酒，切了兩條滷豬尾巴，坐在興隆記紙坊前屋邊的門廊下吃喝著。

「我要見鄭大爺。」駝背老頭兒跟看門的說。

「甭說醉話了，你這位老爹。」看門的漢子說：「鄭大爺他在忙著哪，您找他有什麼事麼？」

「沒旁的，想跟他討個差事。」

看門的漢子抱著纓槍，坐在石獅子旁邊的棗木長凳上，有些懶散和憂煩的味道，半眯兩眼，用微帶嘲謔的眼光盯著門廊邊的一老一小。

「討差事，您說？您身子板板硬了，還能幹啥？您身邊這個小子，渾身沒脫奶腥味，叫他去鄉隊當差，他還差三年飽飯，依我看，你們還是安下心喝賑粥罷！」話裏雖有半分嘲謔，卻還帶著悲憐什麼似的誠懇：「剛剛您沒聽鄭大爺說過麼？開了多少年的紙坊，全要關門歇業了，原先在這兒的人，遣還遣不及呢，哪有新差事好討？」

「嗯。」駝背老頭兒說：「照你這麼說，我只好乾等著了？」

「也許。」看門的漢子說：「也許等到褚小昌那沒心肝的強盜被咱們擭住，切下他的腦袋掛在柵門上，那時刻，也許有份輕鬆的老人活給您幹。」

「你那麼記恨褚小昌？」駝背老頭兒問說：「他究竟是怎麼個沒心肝的人呢？」

那人打鼻孔裏擠出一聲冷哼來：

「甭提那傢伙了！廿年頭裏，北邊七縣初鬧荒年，褚小昌逃到興隆店，一樣喝過興隆記紙坊的賑粥，鄭大爺對他有過救命的恩情！後來鄭大爺開拓大山原，分屯戶、立村落，他是七個屯戶頭兒當中的一個，落戶落在黃葉莊，他娶妻生子，有根有絆，不全是興隆記紙坊給的！誰曉得那傢伙熬不住山原裏清淡的日子，說是要改幹他的老本行——出關販馬。」

「販馬也不壞啊，」駝背老頭兒說：「行業是由人選的，他不願幹莊稼活，誰也怪不得他。」

這個老頭兒簡直是塊帶疤的死木頭，劈也劈不動它。看門的漢子心裏多了這麼一層意思，兩隻眉毛便像蛐蛐咬架的鬥上了。

「他要真的去販馬，那倒沒話說了！但他卻當了股匪，混成了如今這等氣候。您想想罷，褚小昌做捲劫的行當，手法那麼毒辣，這陣子，各地亂成這樣，歸根結底，多半都是由他挑撥起來的。放開這些都不講了，他恩將仇報，竟打起興隆記紙坊的主意來了，這種人難道不該殺？還要您可憐他？」

駝背老頭兒喝著酒，遠遠的天邊，黑色的山齒在橫鋪的雲朵上凸現著，他沉沉鬱鬱的聽著那看門的漢子講說褚小昌過去的那些事情，眉頭鬱結起來，彷彿也有了很沉重的心思。

「那種人，用不著我去可憐他。」他用低啞的嗓音說：「也許我是老了，倦了，總覺這天底下，像褚小昌那樣的土匪霸爺多得很，論殺，是永也殺不完的，爲什麼不給個機會，讓他自己去可憐他自己呢？」

小葫蘆望著師傅多皺的臉，覺得這些年來，師傅從沒這樣沉凝，彷彿被什麼壓著似的。他想問問師傅究竟有什麼事掛在心上？可不知怎麼的，也被那張皺臉上所現出的沉重魘噤住了，半晌說不出話來。

「要逗著平常沒事的辰光，弄壺老酒跟您談閒，倒是滿樂的。」看門的漢子把弄他手裏的纓槍說：「偏巧逗著這種吃緊的時辰，實在沒有那份閒心。真箇兒的，老爹，咱們鄭大爺業已回絕了褚小昌那股人的勒索，您看，股匪真會那麼善罷干休麼？」

「當然不會。」駝背老頭兒說：「俗話說是：是福不是禍，是禍躲不過。世上的殺劫，全起在人的心裏，褚小昌既撥動了這粒算盤珠兒，興隆店這場殺劫，還免得了嗎？我料想只在早晚之間罷了！」

「不錯，」看門的漢子說：「如今股匪裏頭，數褚小昌這一股氣燄最盛也是真的。可是，話又說回來，這兒畢竟是興隆店，鄉隊上的人手槍銃，一點也不含糊，姓褚的若是硬打硬上硬來捲劫，嘿，他們走著來，若能爬著回去就算好的！」

「這可不用抬槓，」駝背老頭兒說：「算你老哥的口氣大，也許興隆店上，人人全抱有你這樣一口氣，能讓褚小昌那個惡煞懂得收斂收斂罷？」

「其實不用我誇口，」看門的漢子雖說沒閒心，還是把話說了下去：「您瞧瞧鎮上戒備的光景，就該明白了，——咱們鄭大爺挖根刨底，把褚小昌揣摩過，斷定他只是個瘋人。」

「瘋人，你說是？」

「可不是嗎？」那個伸著脖子說：「他不安本分，認定他待在大山原裏耕田耙地過安穩日子沒發達，慫恿了黃葉莊上三五個窮漢，出門去幹那種沒本的行當，誰知他們貪了那份子孫錢，立即遭上了現世報！」

「黃葉……莊……」駝背老頭兒沉吟著。轉臉望望他身邊躺著的小葫蘆，那個半樁小子經過多日的顛簸，一喝了兩盅酒，困頓上來，倚在牆角就睡著了。

「黃葉莊怎樣？」

「啊！不怎樣。」駝背老頭兒說：「我記得五六年前，我走過大山原，經過那座低牆矮屋的莊子。」

「五六年前？」看門的漢子說：「不就是鬧旱的那年嗎？平地鬧旱業已鬧得家家斷了炊煙，何況大山原那種高地呢。咱們鄭大爺念著那些屯戶，差人裝了七牛車的糧，火急運去救災，誰知糧車運到乾溝子，半途被另幾股土匪把糧給搶了，黃葉莊餓死不少人，——褚小昌的老婆就是那樣餓死的，他兒子也失蹤了，傳說是叫進了狼嘴，連屍骸全沒找得著！」

「報應，真算是報應！」駝背老頭兒喃喃的說。

「您曉得就成了。」看門的漢子說：「等到去年，褚小昌率著他那股子人，打外鄉混回家根，卻落得個家破人亡的苦果，他就發了瘋，他打家劫舍胡亂發洩，總也脫不掉心上的苦楚，老天留著他，是要他活受罪，鄭大爺說過，他不怕這種人。」

駝背老頭兒噓了一口氣，沒再出聲。

看門的漢子也起了晌午的困倦，歪起嘴，打了一個長長懶懶的呵欠。

空氣暫時寂默下來。

太陽光照在駝背老頭兒花白的頭髮上，他垂著腦袋陷進了沉思。

當然他不會忘記當初他是怎樣到大山原上來的？他苦練了一輩子拳腳，從沒在江湖道上蹚混過，甚至連開館授徒都不曾有。傍著那條崗巒起伏的老龍河，他隱在一座小小的山村裏，靠打漁採樵過日子。宅前宅後，種了一片大棗樹，單是每季大棗的收成，就夠村子裏的住戶活得夠寬裕的了。他不會忘記陽光照亮的茅屋頂，灰黃的像魚鱗般的風浪和雨跡，屋前彎曲的斜坡路，通向多霧的老龍河，那晨夕張起的，藍汪汪又白騰騰的霧網，網住了河對岸密黑的林樹，起伏的樹影像一支徐緩的歌；屋後褐色的土崖壁立著，大棗樹平伸著無數峭勁的枝枒，棗子成熟季節，稀疏落葉間垂下的果實，像是一盞盞小小的紅色燈籠。但這些，如今全變成夢景了。一股子明火執杖的匪徒，捲劫那山村之後，他能見著的，只有焦糊的石牆框兒和一些餘煙沒盡的斷樑。

他費了不少日子，才查出那股人的底細。

後來褚小昌在老龍河混成了勢，他所率的股匪，搶殺不說，行蹤也極詭秘飄忽。他追蹤了很久，得不著機會向他下手，無法翦除許多人恨得咬牙的惡賊。偶爾打旁人嘴裏聽說褚小昌不是叫褚小昌，他是打遠地的大山原上來的，他的老窩巢是在黃葉莊。

他想過，翅膀再硬的鷹鷲，也總有歸窩的時刻；與其東呀西的隨著他打轉，不如到他老窩去等候著他，也許能爭到一個出其不意的機會。是這樣，他才扮成玩木偶戲的，流落到大山原上。

世上事，總有太多的變化，太多的糾結；黃葉莊的那些莊戶，沒誰願提褚小昌半個字，連婦人全那麼說：

「咱們這兒沒有姓褚的，也有幾個不安分的漢子，全死在外鄉去了！」……一年三次經過大山原，姓褚的沒等著，卻救了這個孩子，他傻乎乎的不懂事，只知他姓祝，難道小葫蘆這孩子，竟會是？……祝與褚聲音相近，其中不無有推敲的餘地。若不是看門的漢子這麼提起，自己可沒想到這一層。假如真的是這樣，那，老天業已懲罰那個惡賊了，還用得著自己動手去翦除他嗎？

貪得子孫錢，活受現世報，冥冥當中的造化，誰能料得到？褚小昌強過豺狼虎豹，也脫不出這種造化的安排，看門的漢子算是說對了！

他抬起頭，望望逐漸斜向黑色山崖那邊去的太陽，更抱定了他盤算過的主意，他不能老是羈留在這兒，得儘快辦完這宗事，回到他根生的老龍河去。

天到黃昏時，興隆店的探哨帶回消息，說是股匪更多的馬群，在乾溝子那一帶石稜地上，山原谷口附近，有他們盤紮落架子時生起的炊煙。同時，興隆店的四面，都有牛角聲此呼彼應的吹響著。這情勢，明顯的道出褚小昌那股剽悍的匪徒，因爲威脅不倒鄭興隆，羞惱得動了火性，傾巢而出，把興隆店包成餃子餡兒了。

不管鄭興隆鄭大爺怎樣的剛強沉著，一般溫厚老實的住戶和驚魂沒定的流民，在面對著悍匪的時辰，多少有些過度的緊張和無措的惶亂。一刹時，鎭街上人頭亂奔亂竄，呼呼喝喝，吵吵嚷嚷，那光景，就像夏日雷雨前家家搶收門前晒晾的衣物一樣。

鄭興隆掖著袍角出宅院，匆匆登上石砌的圩崗子，編撥人手護守街宅，街道上，街廊下，這兒一撮，那兒一簇，全是人頭；有的扛起傢伙朝圩垛上拉，有的在紛紛猜測談論著股匪可能的動作？婦人們打著顫慄僵涼的嗓音叫喚著逗留戶外的孩子，黃昏時分慘紅的光雨和那淒婉的嗓音，使人心裏倍覺悽惶。

駝背老頭兒要見鄭大爺沒見得著，天可又黑下來了。誰也沒料著股匪會豁命硬灌，來得又像迅雷閃電那麼快法，天一落黑，他們就叫喊連天的從四面圍湧上來。黑糊糊的星夜，銃槍噴濺的藍燄耀盲人眼，激烈的槍音又幾乎震聾了人的耳鼓；人就是在這種突來的拚殺裏，變成半盲半聾的怪獸，嗬嗬叫的衝進一向懼怖的噩夢。

廝殺進行著，街屋起了紅毒毒的大火，濃煙薰得人打嗆，這時刻，股匪的一股子馬群硬衝了進來。

街道既然護不住，鄭興隆只好把老弱婦孺送進了有高牆遮護的紙坊，把四散的鄉勇亟力攏聚到一起，退一步護守著紙坊了。紙坊的磚牆瓦頂房舍不甚畏火，股匪扔擲出的火把落在房脊上，燒出一片炸瓦聲，但還沒立時引起大火來，他們便集聚人手，抬著粗重的撞木去撞牆。

就在興隆店的人自覺危急的當口，撞木連接幾聲巨響，把高牆撞出一段缺口來，鄭興隆也嘆息著，說是大勢已去，沒法挽回了。誰知憑空來了個老頭兒，白頭白鬍髭，手裏亮著一把大光刀，跳出去獨堵住那個豁缺的地方，彷彿是一塊挺立在洶湧激流中的石頭。他那樣回臉朝外站著，腳下是塌牆迸落的碎磚堆，他身後還有個掄棍的半樁小子，看著雖不打眼，但也沉著不動，夠硬的。

股匪聲勢洶洶的朝上湧，天上地下的紅火，把那兩個人的影子抖動著，看上去是那麼孤單無助，但湧上來的股匪只要跟那背脊微駝的老頭兒一交手，就像草把遇上三股長叉，東飛西跌，摔在磚堆上哼爬，連還手的機會全沒有。駝背老頭兒頂住那個缺口，單用那柄大光刀的刀背打躺下五六個大膽的賊人，大聲叫說：

「哪個不怕死的，儘管上來！惹得我動火，一片兩片，把你們送上肉案去當豬賣！」

股匪平素雖是刀裏來槍裏去的亂逞兇悍，只怪沒見著更強的對手。紅火光暈裏挺立的駝背老頭兒，哪像是個凡人，他那飄動的白髮，倒掛的長眉毛，他手裏那柄亮霍霍的大光刀，刀口不見半滴血，周圍爬著喊著就倒下一大片人去，這簡直像是路口瓦缸蓋下的山神土地顯了靈。後來的匪徒望著了，立時腿軟膽寒，只是拐頭朝旁處溜過去，不敢再攖試對方的那種鋒芒。

混衝亂殺的股匪群，也像是一群呷呷叫著的鴨陣，前頭一轉方向，後頭就跟著轉，大溜般的從高牆外滑過去，這麼一來，使得鄭興隆得著了喘息和整頓的機會。

興隆店的鄉隊，槍火實力都不弱，只因股匪來得太快，他們四面防守，人手分散，才讓對方的馬隊衝破單薄的防陣，一旦有機會集聚到一起，定下喘息，火力又熾烈起來了。混戰延續到四更光景，股匪又作了兩次硬撲，沒能得逞，便留下話來，喊說要去大山原刨毀竹山，燒光棉田，又在火燒的街上，擄去十幾個花票（女人俗稱花票）和童票，嗚角退走了。

紙坊的主人鄭興隆先不顧旁的，拎著燈籠趕過來拜謝駝背老頭兒說：

「在下算是瞎了眼，沒識出您老爹是個大有能爲的人，錯把高山當成土阜看。今夜晚，若不是仰仗您的大刀，興隆店只怕全被他們燒光殺絕了。我鄭興隆這算是替全鎮的活口餘生，在這兒跟您磕頭謝恩了！」

嘴裏說著，當真屈膝就朝磚齒稜稜的磚堆上跪下去。駝背老頭兒急忙扔開大光刀，一把抄住鄭興隆的胳膊，拖起他來說：

「鄭大爺，您甭這樣折我的壽！我身強體壯的，還想在世上多活幾年呢！」

「我的老爹，」鄭興隆說：「咱們的活救星，您是打哪兒來的？」

「北邊的老龍河。」駝背老頭兒說：「我那個貧困的小山村，也是毀在姓褚的手裏。」

「你說是化名褚小昌的股匪頭兒？」鄭興隆說：「他不姓褚，他叫祝海昌。早先販馬時犯過命案，才改了姓名，他在紙坊當過夥計，沒誰比我更摸清他的根底。」

「鄭大爺，」駝背老頭兒說：「股匪初退，很多事情待理，您先去招呼著去罷，有事咱們明兒再說。」

「好，就照您的囑咐辦。」

他們分開了。街上的餘火等著灌救，受傷留下的股匪等著收押，死屍也等著裝殮認領，被擄失蹤的人口，等著查點計數，太多的紛亂，都得急速整頓；股匪雖是退下去了，他們初撲未逞，誰敢料定他們不會捲土重來呢?!

二天，鄭興隆才又在宅子裏重見了駝背老頭兒，他說：

「老爹，我忙乎了整夜，才想起來，竟沒請教您的尊姓大名呢。」

駝背老頭兒搖搖頭說：

「您不問也罷，一個玩木偶戲的老棺材穰子，從沒有在世留名的想頭，我倒想問問，鎮上的情形怎樣?」

對方執意不肯留名道姓，鄭興隆雖很爲難，卻也無法勉強他。提到鎮上的情形，他的眼便激忿得泛紅了。

「真的，老爹。」他說：「血債不該拿血償嘛?像祝海昌這種心性，留著他就像留著豺狼老虎！昨夜這一火，流民住戶死掉十多口兒，不算帶傷的。被他擄走的肉票一共有七張，看樣子，事情還有得糾纏呢！」

「不要緊。」駝背老頭兒胸有成竹的說：「難得有機會跟您面對面，恕我老頭兒不自量力，跟您討個差事……您也甭客套了，我想，最妥當的法子，是您差幾個人，押著被咱們截留下來的股匪，跟我去山原上他的窩窟去，讓我指明找姓祝的說話，把肉票給換回來！」

「這……這成麼？」

「當然成。」駝背老頭兒說：「如今這世道，不能再造殺劫了。您若依我，我會讓姓祝的封刀散夥，也沒誰再毀您的祖業，保住那片竹山和棉田！」

話說得太神奇了，鄭興隆不禁困惑的搖起頭來：

「不，老爹，我沒道理讓您去涉這個大險，再說，祝海昌那種狡獪的心性，最是反覆無常的。」

「算我自己願意去的，成罷！」駝背老頭兒說：「甭說是險了，連驚全驚不著我，早點兒辦完事，我還得趕回老龍河去呢！」

鄭興隆實在拗不過他，只好答應讓他去辦這宗極難辦的差事。於是，他挑揀了十來名最精壯的鄉勇，每人都帶上最好的火器，押著那幾個股匪，跟駝背老頭兒到大山原裏去了！

興隆店上所有的人，全伸著頸項等待著，事情會有怎樣的變化呢？誰都極度關心，誰又都不敢預料。太陽昇起來，太陽又斜西沉落了，每當黃昏來到的時辰，一雙雙朝西望著的眼，都會瞧見那一列黑齒般羅列的群峰，那彷彿是一隻蹲伏在綠色雲層下的怪獸，怒張著獰惡的嘴，狠狠的想吞噬那落山的太陽，那白頭白鬚的駝背老人走進山齒，會不會再平安無事的活回來呢？

這樣等到第三天傍晚，那些跟隨駝背老頭兒進山去的鄉丁，興高采烈的帶著被股匪擄去的肉票回來了。鄭興隆問及那老頭兒師徒兩個，他們說是回老龍河去了。其中那個替紙坊看門的漢子，跟人說起這回事的經過，他說：

「駝背老爹領咱們到大山原去，股匪們正在刨竹山洩憤，一共總有好幾百口人，一見著咱們，就打四面合圍上來了，他們裏頭，也有嚐過駝背老爹大光刀的滋味的，曉得厲害，是以光把咱們圍住，卻沒人敢撲上前來，只在嘈叫著說：

『褚大爺，褚大爺，那個厲害的老頭找著咱們來了！您自己來對付罷！』

股匪頭兒褚小昌分開人群，踏步走了上來，他是明眼人，曉得駝背的老頭兒既然敢直闖他的窩巢，必然不是好招惹的人物，抱起拳來揖了一揖說：

『您這位老爹，尊姓大名？打那條道兒上來？找褚某有何貴幹？』

『甭裝著笑臉來這套了，祝海昌，』駝背老爹背袖著兩手，手裏捏著的旱煙袋晃著，用粗啞的嗓子，開門見山說：『昨夜晚，我在興隆店見識過你的陣仗了，黑忽忽的一大陣烏鴉！我這是押著你的人，找你換肉票來的，你擄來的那些流民住戶，遇著這種荒年，吃都吃不飽，哪有餘錢來贖票？何況你手底下的傢伙不爭氣，也陷在咱們的手上呢！』

『嘿嘿，見面就談論交易，您倒是滿爽快的。』那祝海昌暴起笑聲來說：『正因我的弟兄夥陷在興隆店，我才擄了些人頭，料定你們會來交換，這樣，彼此不吃虧，算是扯平了。』

『那你就把那些無辜給帶來罷。』駝背老爹說。

『我要是眨眼變了主意呢？』祝海昌說了：『您就相信在這塊山原上，您能帶著你的這撮人活出去嗎？』

『那不要緊，』駝背老爹說：『你得先把擄來的婦孺老弱，放過我這一邊來，我要等他們走出山口，過了乾溝子，我才會放開你的人，我要鄉勇們舉槍瞄定他們後胸窩，你要敢耍花招，我只消咳一聲，你的人就先沒命！』

『您倒是精打細算過來的，』祝海昌說：『看光景，我是沒便宜好撿了！……那看票的，去替我押票過來，當他的面開釋掉。……老爹，衝著您這把年歲，我這可是頭一回好說話！』

『不用賣乖，姓祝的。』駝背老爹說：『我不領你這份情。』

那時天到傍午時了，太陽直照在黑土地上，山峰上蒸騰著雲氣，我瞧瞧綠森森的老竹山和大塊的棉田，實在有些傷心的感慨。想當年，鄭大爺他帶著咱們，怎樣費心安置屯戶，怎樣置竹，怎樣開山；一情一景，都在眼前。沒想棉田產棉，綠竹成林的時刻，屯戶裏竟有祝海昌這種人，持強把橫，硬要毀人祖業。

看票的押來肉票七個，確是當著駝背老爹的面前開釋掉的，這事辦完了，祝海昌說：

『交易業已成了，您若沒旁的事，不妨在樹蔭底下多坐一會兒，吸袋煙，喝碗茶，消停瞧著我怎樣刨鄭家的竹山，燒鄭家的棉田！我要讓他鄭家興隆記紙坊再開業，我就把祝字倒著寫。』

『慢著。』駝背老爹說：『我得問問你，鄭興隆這個人，跟你有什麼樣的深仇大恨？你要這樣咬牙切齒的對待他？據我所知，你當初逃荒到興隆店，喝過紙坊的賑粥，當過紙坊的夥計；移屯到這片山原來，鄭家白送田地，沒有收過你們一粒麥的田租，一升糧的地價，你們採棉伐竹，紙坊也沒短過一文錢的工資，他哪樣對不起你？』

祝海昌聽著，臉色忽地陰沉下來說：

『我當你是局外人，你曉得的事可真不少！敢情你也是喝了興隆記紙坊的賑粥，專意來幫他說話的？你既問著了，我不得不告訴你，當初我祝海昌到口外販過馬，也犯過命案，被官裏緝捕過，要不然，也不用打起褚小昌的名號混世了，俗說；好馬不進驢槽，我闖蕩慣了，守不慣這苦寒的山窩，該罪嗎？』

『不該罪。』駝背老爹說：『但那宗命案又怎麼說？人可是你殺的？』

『不錯！』祝海昌挺身認說：『外人只曉得我惹了人命，卻不曉得那傢伙拐過我的錢財，反誣陷我進牢房，我不是那麼寬厚的，我是有仇必報！』

祝海昌不知哪來的一股怨毒之氣，一說起當年，雙腳便踩迸著，倒豎起眉毛，兩眼睜圓了，口沫橫飛的咆哮著；緊緊勒起的拳頭，幾乎要擂晃到駝背老爹的臉上，而駝背老爹沒介意那個，反而淡淡的誇說：

『好個有仇必報，有恩你可一筆抹掉了！』

『又提興隆記紙坊不是？』祝海昌說：『錢財小惠若算恩，那，我捲劫過的人，全它娘成了我的恩公啦！興隆記紙坊有的是錢財，荒旱濟貧，積他自家的功德，算不得恩惠。到這兒的屯戶，不錯，是領了他幾塊荒田，把生土替他墾成熟地，誰也不欠誰，我抹過誰的恩情？』

『你有理，但鄭家跟你有什麼仇呢？』

祝海昌晃動結實的肩膀，冷笑一聲：

『大山原上鬧旱，沒餓死興隆店的一條狗，卻餓死黃葉莊好幾口，他鄭興隆可曾想到過屯戶？我家破人亡了，不願再見他那副假慈悲的面孔。』

『姓鄭的不好?!你們跟他無親無故，他還運過七車糧，不巧在乾溝子被劫了，你怨不得人，只能怨命。』駝背老爹說：『你怪姓鄭的，怎不先怪你自己？大山原鬧旱，你又替老婆孩子顧到什麼？你在外鄉趁火打劫，貪圖沒本暴利，還有臉責怪旁人沒養活你的老婆孩子，你哪一點夠混的？』

這番話又尖又厲，砍得祝海昌臉上掛不住，連脖頸全粗紅了。駝背老爹沒理會那些，轉臉招呼咱們放開那幾個被質押的股匪。等到股匪一放掉，祝海昌就不像方才那麼和緩了。

『這好。』他說：『如今你們是攢在我的手掌心了！老傢伙，祝爺我是不受人的氣的，你當著我這些屬下弟兄，耍嘴皮兒挫辱我，我就要把你留在這塊地上，你還有什麼絕招，儘管使出來罷！』

『我哪有什麼絕招？』駝背老爹面不改色說：『不過，在你動手之前，有幾句話我得說明白！你若腦瓜沒生黃銹，該記得老龍河岸的那座村子，臨去時還奉送一把火，我就是打那兒來的！』

『找我報仇？』

『不錯，』駝背老爹說：『鬧旱那年，我來到這兒，打算等你歸窩時宰掉你，等你沒等著，卻等著那場大旱。一個夜晚，我在黃葉莊口剝光樹皮的柳屍下邊，撿著了一個孩子，我救活了他，養他這多年，直到前幾天，我才弄清那孩子的爹，就是我要宰的人——你！』

駝背老爹緩緩的舉起旱煙桿，直指著祝海昌，一步一步的逼過去。那兇橫的股匪頭兒，立時變得驚怔畏怯起來，他半張開嘴，正想說些什麼，忽然，那叫小葫蘆的半椿小子嚎啕大哭著，過去跪抱住駝背老爹的腿說：

『師傅，你甭這麼說，我沒有爹！我怎會是沒心肝的股匪強盜的兒子？』

『不！小葫蘆，』駝背老爹嘆了口氣，幽幽緩緩的說：『無論如何，他總是你爹！這可不是認賊作父，這是……人倫！去，孩子，過去替你爹磕頭！——祝海昌，我可把你的骨血還給你了，你得讓你兒子，能在人面前抬頭！』

那光景真是奇異的，在場的股匪幾百口兒，全呆在那兒目瞪口呆，像被釘下地去的木樁；當小葫蘆衝著祝海昌跪下去叫爹的時辰，祝海昌卻痛哭流涕直挺挺的跪在駝背老爹的腳前，他只說了一句話：

『老爹，你不是要我這條命麼？我當場奉送了！』

說著，他飛快的拔出纏紅的攮子，亮光一閃，攮身就沒進他心窩裏去，只留下一截纏紅的攮柄，還隨同他最後的呼吸起伏著，他這才緩緩伸出手去，握住他以爲永遠失去了的兒子。

黃昏初起的時分，所有的股匪全伏身跪拜下去，只有白頭白鬚的駝背老爹，在那山原的當中站立著，那不像是一個人，卻像是一座山……」

當然，看門漢子所說的這些情形，結尾很悲壯，也很淒慘；至少，股匪頭兒祝海昌刀插胸膛之後再認兒子，這舉措頗有放下屠刀立地成佛的意味。他死後，股匪也跟著崩散了，沒有誰再忍心苛責這個幡然悔悟的江湖人物。但那個白頭白鬚駝背的老爹，卻悄然離開大山原，不知去向了，他做出許多事情，保全了這一方，連一個名字都沒有留下……。

日子流淌過去，興隆店上的人們，總深深記憶著這個故事，經過好幾個世代的流傳，難免有人添枝添葉，把它昇華爲一種近乎荒謬的神話了。有些孩子們，會在黃昏時，……指著西邊凸露的山齒，說那高的一座立峰，就是駝背老爹，矮的那座黑峰，就是股匪頭兒祝海昌，峰腰那棵橫生的大松樹，就是插進他胸膛的匕首，……當然，不必去聽信這些無稽的說法，但它總是一種象徵，象徵著興隆店的人們對傳說中的人物的懷念。

尤獨當隆冬雪後，立峰白了頭的形象，正跟傳說裏駝背老爹一樣，這使他們有一種安心的依恃，當繼起的邪惡人物出現時，他們會說：

「看他能橫行多久？駝背老爹看得見，有一天會來收拾他的！」

即使像駝背老爹這種不動武的豪俠不來呢，他們也學會了忍耐和等待，大山原一帶神秘荒涼的夜，總會過去的，不但在大山原，換成任何地方都是一樣，——總有另一些太陽從另一些傳說裏昇起來，溫暖著人們寒冷的心胸！

血彈子

寂寞的老人們

在杜鵑花盛開的季節裏，這都市是屬於青年人的；溫風兜著人臉，軟如一團棉，大紅大綠的衫子，在風裏飄盪著，嬉皮袋的流蘇，飄盪著，笑聲是追逐著的波浪。迷你裙下，裸圓的小白腿，閃著青春的彈性的光澤；踩在高底包包鞋上的靈巧的腳，跳狐步般的，沿著紅磚道滑過。一切都在生長著。去年種植在綠島上的椰子，也紛紛吐了新芽啦。

天氣是晴朗的，在這串乍暖還寒的日子裏，七十六歲的老人趙若愚，總在天色微明的時刻，就拖著拐棍散步到新公園裏來，繞著樹林中闢出的小徑散一會兒步，再背起手，看看開得多姿多彩的杜鵑，然後，便踱到老榕樹邊法國式露椅上坐下，看人在林中空地上溜鳥，或是打太極拳。

幾乎每一天，都有許多愛早起活動的人，湧進公園來鍛鍊身體。算起來，趙若愚每天清早到這兒來活動筋骨，轉眼就是十來年了。十來年裏，人事變遷很大，不過，也有許多張熟悉的老面孔，每天仍然遇得到。當然，他們也沒組織什麼老人會，但幾個年歲差不多的，彷佛有了一種習慣上早起碰頭的默契。打完拳，做完八段錦，樹底下坐坐，聊聊什麼，久而久之，都成了莫逆之交啦。

趙若愚剛剛坐下不久，隔著林子的畫眉鳥的叫聲，使他不用瞧，就知道是誰來了。

「您早啊，若老。」老昌那口天津腔調，總是那麼濁重粗啞，帶著幾分豪氣：「每天您都是頭一個來。」

「嘿，人到咱們這種年歲，到時候就醒。」趙若愚說：「睜著眼，在床上能躺得住嗎？不如早點來，候著你們幾個。」

「您腰桿和腿上的風濕，好點兒了罷？」

「沒那麼快，我只能瞧著你們練拳啦。」趙若愚微微搖了搖頭說：「這兒的氣候，極不適合咱們這把老骨頭，熱濕蒸進骨縫去，如今我簡直離不得拐棍了。」

老昌把掀起藍布風罩的鳥籠子晃了一晃，托掛到樹枝上，解開他青布長衫的扣子。

「我沒患風濕，只算是運氣。」他說：「若老，您坐著，兄弟先練兩趟，再陪您聊聊。」

「練你的罷，老兄弟。俗說：拳不離手，像我，風濕一鬧，拳一輟練，自覺身子骨就差了一大截兒啦！」

老昌脫去長衫，抖手飛搭到椅背上。揀塊空地，吸了一口氣，立下門戶，便認真練起那套滄州拳腳來。

論武術，趙若愚足有六十多年的根底，他的形意拳、螳螂拳、八卦拳，都打得精，後來窮研太極拳法，更有相當深厚的根底。人說：好漢單怕病來磨，一旦被風濕纏上，腰桿硬得不能打彎，連胳膊也舉不過頂啦。雖是這樣，趙若愚仍不失爲一個練家，旁人只要在他眼前一出手，他就看得出那人的身手和武術根底如何了。

老昌也上七十歲了，高大的塊頭兒，粗壯的胳臂，臉色黑裏帶紅。脫掉長衫練拳時，顯出專心一致的樣子，一拳一腿，都非常認真，練到激烈處，勁風排湧，霍霍有聲，汗氣透過短衫蒸騰著，他那光禿禿的頂門上，也凝聚著粒粒細小的汗珠。

「好！老昌，真箇是拳不打滄，你這套拳腳，算是練到家了。」等到老昌把一趟拳腳練完，收住架勢，趙若愚才這樣點頭讚說：「我這可不是奉承人吶。」

「若老，當著您練把式，不是班門弄斧嗎？」老昌微微喘息著：「您不笑話我，就算好的了。」

兩人正說著，又有兩個老人走過橫在蓮池上的石橋。前面一個是皖西人，大夥兒都習慣的叫他鐵彈子李五，他的個頭兒精瘦矮小，雷公臉，尖下巴，一張多皺的黃面皮，留著一小撮稀落的山羊鬍子；後面一個是湖南人，姓劉，稀疏的大白頭，看上去顯得很華麗，臉色紅塗塗的，有些主貴的氣派，他早先領過軍，作過戰，以少將退役，所以這夥朋友都稱他為劉老將。

老將和鐵彈子李五，也都是望七的年紀了，但人老精神不老，他們的一套拳術，一直勤練不輟，毫不荒疏。除了拳術之外，劉老將的棋藝、詩詞，都很有根底，許他為文武全才的人物，並不為過。

「早啊！若老。」鐵彈子李五手裏搓著他那兩粒光灼灼的鐵彈子，首先趕過來打招呼說。

「兩位早。」趙若愚欠欠身子：「你們先練拳罷，咱們等一歇再聊。」

水洗的晨光橫在天頂上，鳥在啾鳴著，在這個大的都市裏，一般人習慣晏起，清晨這段時間，便顯著特別的安靜。幾個老人練完了拳，便坐著談起天來，他們的話題很遼闊，從盛開的杜鵑，談到北地的花卉，從報上某宗新聞，談到國際間發生的大事，然後，便談到拳腳上來了。

「我的兒子全是學科學的，」趙若愚想起什麼來，感慨系之的說：「開口西方長，閉口西方短，根本就沒把國粹放在眼裏。看我練拳腳，小兒子就說過，說是：爹呀，武術這玩意兒，早就沒落啦，您不在家裏坐著納福，練那個幹什麼？您這把年歲，還想學李小龍，上銀幕亮相？……嗨，這些年輕人，只迷信征服太空，登陸月球，他們就沒想到，強身爲救國之本。」

「可不是麼？」劉老將說：「可憐眼下這些孩子們，小人揹大書包，肩也揹歪了，腰也揹駝了，十來歲就戴上近視眼鏡，做體操，敷衍了事像跳舞似的，他們只曉得武術是打架用的，根本沒想到是強健體魄，益壽延年的一把鑰匙。」

「跟年輕人說這些也沒用，」老昌說：「他們不會聽的。咱們不否認那些科學成就，但國術這一門，永不會落伍，儘管它如今擋不了子彈。」

「對啦，若老，您那位小少爺，不是要出國留學去麼？哪天動身？咱們這些老叔叔們，也該替他送送行，表示表示心意呀！」鐵彈子李五說。

「老五說的不錯，」劉老將說：「咱們正好乘機會跟咱們那位老姪兒——未來的大科學家，討論討論咱們練的這些老玩意兒，勸他在求新求進之餘，不要忘本。」

「免啦！免啦！」趙若愚急忙搖手說：「孩子的事，怎敢讓諸位老兄弟破費。」

「若老，您可甭這麼說，」老昌說：「咱們湊份兒，請姪兒聚一聚，難得有這麼個機會，其實，這也是為咱們自己著想。咱們這幾個老古董，平常想跟年輕有學問的人說話，也說不上啊！悶起來，單望能熱鬧一場，也是人之常情嘛！」

「下個禮拜天晚上，」劉老將說：「咱們到國賓飯店頂樓吃晚飯怎樣？……武俠小說裏頭，有印證武功之說，咱們不妨和那位學科學的姪兒，面對面把新的和舊的印證一番。」

由於那三個的堅持，趙若愚只有勉為其難的答允下來。

真的，人到老年，日子過得夠寂寞的。劉老將的孩子，早已成家立業，子承父志，在前線上服務，他平時除了寫些感懷的詩，就是泡盞濃茶，坐到棋園裏去消磨。鐵彈子李五是個孤家寡人，他的老伴兒陷在老家，沒能帶出來，有個姪子在國外教書，偶爾寫封信來問候他，他的老境不佳，寄居在一間小閣樓上，靠撿拾字紙維生。老昌的老伴兒兩年前去世了，兒子打燒餅，孫子也服兵役了，他平時幫兒子做做雜活，兒子不讓他做，他只有東飄西盪的，找些小孩子聊天，說故事，或是爬爬近郊的土山，登高望遠，想藉此舒舒心裏的鬱悶。

實在說起來，他們都感到每天清早，幾個老朋友在公園裏碰面的這段辰光，是他們最舒服的時刻，不管談什麼，說什麼，總能破悶。因為當這都會活動起來之後，他們都已變成幾乎被人遺忘的人了。

晚宴

那天晚上，幾個湊份子做東的老頭兒，很早便到國賓飯店等著了。

趙若愚的第三個公子是學太空科學的，若老替他取名趙繼志，不用說，那意思是讓他繼承父志的，不過，由於時代不同，兒子學的那一套，做老子的連邊也摸不著了。劉老將和李五、老昌幾個，都很喜歡繼志，認爲他資質好，肯上進，又溫文有禮，是個極有前途的青年人。所以，劉老將特意選了這個佈置得古色古香，極富古老中國情韻的地方，爲他們關愛的世姪送別。

在若老父子還沒來之前，他們飲著茶，嗑著瓜子，邊聊邊等著。

「這年頭，年輕人紛紛朝國外湧，」劉老將說：「學新的沒有錯，但咱們總盼他們學了新的，也不要忘了舊的，若能把新與舊融合，各取其長，那就好了！……俗說：君子務本，確有道理在，這好比一棵樹，根幹是本，本固枝繁，這是不消說的了。」

「道理沒有錯啊！」李五說：「可是，經不得歐風一吹，美雨一灑，一些少不更事的，一窩蜂的附和上啦！他們總認爲中國古老的玩意兒，全都跟不上時代，落了伍啦！如今，出國的人多，回來的人少，學到的新玩意兒，就算是好罷，不能蔚爲國用，可不像石上栽花？——八九沒根嗎？」

「實在講，有些國粹逐漸沒落，也是事實。」老昌感慨萬端的說；「究其原因，不外是倡導不夠，使年輕人對它缺少認識。像金石、書法、刺繡、平劇、武術，都逐漸跟下一代脫了節啦！……無論任何技藝，沒有更多年輕人參與進來研究發揚，還有不沒落的嗎？！」

「有個故步自封的老毛病，也非改不可！」李五說：「早先師傅傳徒弟，總習慣留一手，表示師傅比徒弟高明，這樣代代相傳，越傳越差，也是國粹沒落的原因。」

「不過，兩位也不必缺氣。」劉老將豪氣的說：「從近幾年的情形看，中國傳統文化，又已在世界上逐漸抬頭啦！像前些時，美國有許多人在研究寒山和尚的詩，後來，易經大行其道，幾乎人手一冊。此外，像國術、針灸，也都被歐美各國競相研究，至乎中國器物，更不用說了。一個國家的文化，自己子孫扔棄不顧，外人卻當成寶貝，這不值得年輕一輩人檢討嗎？」

「啊！若老跟繼志來了！」老昌站起來說：「嗳，若老，在這邊啊！」

「我說，繼志，你今晚算是主客。」劉老將迎上去，拍著繼志的肩膀說：「你學的是現代科學，我們都老了，日後復興民族的擔子，都要你們年輕人挑了。今晚請你來相聚，不光是吃這一餐飯，老叔叔們要藉機表表心意，把對國家未來的希望，都交托給你們……。」

「哪裏話，劉叔叔。」繼志恭謹的說：「姪兒生性魯鈍，願意多聽幾位長輩的教誨，盡力向學，但望能不負長輩的期望。」

「到底是讀書做學問的人，真會說話。」老昌說：「繼志，做叔叔的說句真心話罷，咱們幾個老朽，今晚倒是有許多問題，得向你討教呢。」

大家一面說著，一面入了席。趙若愚說：

「這幾位叔叔，你當然都熟悉，不過，你對他們當年的情形，也許還不怎麼清楚。劉老將當年上陣，抗日剿共，打過許多仗，他的拳腳功夫，對他克敵取勝，幫助很大，……有一回，八個土共圍撲他，都被他一個人給打倒了，在貼身近戰的時辰，拳腳有意想不到的力量。老昌叔，他的滄州拳，幾十年前就在北地聞名。鐵彈子李五叔，更是神乎其技，他能把鐵彈吞進肚裏去，再吐出來傷人，五步之內，要是被他的鐵彈子打中，會像挨槍一樣，可見他的內勁有多麼大！」

「五叔，您真有這種功夫？」繼志說。

「你爹硬替我瞎誇張的。」李五笑笑說：「我多年沒練了，恐怕差得遠啦，……當然，中國武術，確有若干神奇的地方，不過，並沒有時下武俠小說寫的那樣誇張。說一個人一掌下去，能把平地打出一條溝；身子一縱，能跳有七八丈高，那全是信口開河，胡謅來騙人的。練武可以自衛，可以強身，這是事實。」

「這我體會得到，」繼志點頭說：「一般說來，人的體能，有他的極限，不可能用掌風裂地，或是騰躍飛天。若真有那種人在，世運會的金牌，不都被我們包辦了才怪呢！」

「繼志的話，真是一針見血之論！」劉老將說：「當然，在中國傳說裏，在文學的表現上，都是含有若干超脫現實的誇張成份在裏面的，它是想像，它有美感，嫦娥奔月，武松打虎都是例子。武俠小說的胡謅，絕不能和它們相提並論，嚴格點兒說，那是逃避現實。」

「說來我們幾個老頭兒，都是練武的人。」老昌說：「我們從不逃避現實。無可諱言，練武術的，並不能出什麼樣不世的超人，真能以武犯禁，爲所欲爲。拳腳和內功，也抵不上科學發明的力量，閉起眼否認，也是沒有用的，掩耳盜鈴救不了國啊！」

「繼志，你聽著，」做爹的說：「今晚幾位叔叔，特意設宴爲你餞行，也就是要告訴你這些。我們老一輩人，承認若干古老的玩意兒，雖有些好處在，但不是萬靈丹；同樣的，新玩意兒也不是萬靈丹。俗說：有得必有失，你這回出去求學，要記住，師古而不泥古，創新而不標新，破除地域和門戶之見，融會貫通就好了！」

年紀大了的人，總有些不自覺的嘴碎，遇著機會，大有非把滿心積鬱宣洩乾淨不可的味道。因而，這餐飯足足吃了將近兩個鐘頭。幾個老人都喝了酒，藉著酒意，更吐露了他們感時憂國的情懷。

最後，劉老將看看錶說：

「天也不早啦，咱們哥兒幾個，耽擱繼志不少的時間啦，天下無不散的筵席，咱們也該散啦！……今晚，是舊送新，老送小，意味深長。繼志，你這回去國，一去就是五六年，對年輕人來講，五六年只是一段成長的過渡，對咱們這些風燭之年的人來說，誰能料到有多大的變化？咱們沒走完的路，得由你們接著走下去了！在咱們分手前，對繼志準備了一點餘興節目，時間不多，——那就是由咱們每人表演一套武術。儘管時代不同了，但我們總是苦練了一輩子，就拿它代表我們一番心意罷！」

獻技

劉老將提出獻技送別，倒是別開生面之舉，繼志很高興的鼓掌說：

「家父當年練拳腳，我在中學唸書時，一度迷信洋玩意兒，認爲它落了伍，不值得再費精神苦練了！——那時，我總把練武跟打戰混爲一談，到後來，才慢慢捉摸出它的道理，它使我們精神、身體、氣魄，都得昂奮向上，趨向堅強健壯。今晚上，做姪兒的正好得著機會，大開眼界呢！」

「這兒不是出得拳，亮得腿的地方，」老昌說：「咱們老哥兒幾個，今晚只是即席表演幾種內功，還是請劉老將先來好了！」

「好罷！」劉老將很爽快的點頭說：「我這只是拋個磚，昌兄和李兄都是練家，精彩的還在後頭呢！」他說著，拿起一個橘子來說：「現在，我表演的是一種氣功，叫做隔空打橘，請繼志老姪把這個橘子托著罷！」

繼志手掌上托著那個初熟帶青的橘子，劉老將挽起袖子，吸了一口氣，退身站起，距離繼志大約有五步的光景，但見他緩緩舉起臂來，運足功力，朝那個橘子隔空遙點了一指。這一指，看來稀鬆平常，並沒有一般形容的那種激盪的指風，甚至手托橘子的繼志，也沒有感覺到橘子動彈，等劉老將放下手時，他還托著橘子，發怔說：

「劉叔叔，您表演完了嗎？」

「完了。」劉老將說：「你剝開橘皮瞧瞧，就該看出來啦，我遙點這一指，足可使一瓣瓣橘子再不是成瓣的了，它該化成橘汁啦！」

繼志不信，輕輕一捏，原來挺硬的橘子，真的突然變得很軟了。他好奇的撕開橘皮，橘汁果然順手流滴出來，裏面的橘瓣，也真爛掉啦。

「這可是真正的氣功，」趙若愚對兒子解釋說：「橘瓣是軟的東西，和人的內臟一樣，你劉叔叔這一指，如果隔空進點的是人體，那人的內臟一樣會受創！」

「太神奇了！」繼志說：「這簡直有些不可思議啦！就物理學的觀點來說，這是不可能的。」

「你還堅持你那種看法？」做爹的說：「人世間，有已發現的事理，有未發現的事理，有事，必有其理，你能說一指遙發，擊破橘子是假的嗎？」

「我想，這也不必解釋了，」劉老將說：「繼志日後會找到答案的。」他轉向老昌說：「昌兄，該輪到你啦！」

「比起劉老將的指法來，我這一套就差得多了！」老昌笑著，拿起一支筷子來說：「我要表演的，也有些和劉兄的功夫相同處。我要把氣運到手指上，捏住筷子的一端，繼志隨便指在筷子的哪一處，我把手一抖，它就會從那個地方斷折掉。」

「好，」繼志伸出手指，點在筷子的正中間說：「就是這兒，怎麼樣？」

老昌把手一抖，輕喝一聲：「斷！」那支筷子，果然從中間折斷，落到桌面上去了。

「道理說來很簡單，」老昌對繼志說：「我的功夫，遠不及你劉叔叔那麼深厚，所以，必得把氣傳到筷子身上，再藉氣斷物。就是這樣，也非得十年以上的苦練不可，一般沒有這樣的專心和耐性的人，還是不容易練得成的。如今許多年輕人，學什麼都講速成，這想法太不踏實了，天底下，哪有許多一蹴而舉的事？做學問講快，只能學得點兒皮毛；練功夫講快，結果反而傷了自己的身體，這就算是我的臨別贈言罷。」

「我們都亮過相了，」劉老將說：「今晚的壓軸好戲，特地留給你李五叔。他吞彈吐彈的神功，當人面從來沒有顯露過，這一回，總該讓繼志老姪瞧瞧了罷？」

「唉，倒不是我推托。」鐵彈子李五說：「幾位知道，這些年，我揹著破竹簍，撿字紙過日子，那種功夫荒疏日久，連我自己也不相信還能顯露得出來啦！……再說，年紀不饒人，我如今體力大不如前，只怕勉強表演，會在繼志面前鬧出笑話來。」

「這你倒不必顧慮，」劉老將說：「繼志也不是外人，他不會笑話咱們的。」

「好罷，」鐵彈子李五說：「既這麼說，我只好獻醜了！」

他們會了賬，走出那座餐廳，走到外廳裏面，鐵彈子李五面對著一塊現代風的立體壁飾站著，相距那壁飾約莫五六步遠近說：

「在卅年前，我從嘴裏吐出鐵彈子，遠了不敢說，在這樣的距離傷人，是毫無問題的，如今年歲大了，功夫荒了，只好改成三步地試試看啦！」

說著，他卸去外衫，緊緊腰帶，來回走動著，默默的運氣行功，一張嘴把兩粒光灼灼的鐵彈子吞嚥了下去，然後，發出一聲短促的吆喝，把吞進腹中的鐵彈子逼出嘴來，但聽噹的一聲，那粒噴出的鐵彈子確是射出來了，但並沒打中壁飾，由於力道不足，只打在牆腳上罷了！

「唉，不成了！」鐵彈子李五搖頭嘆息說：「功夫真的荒了，氣不旺，力不足，連三步遠的壁飾都擊不中，怕不被人笑掉了牙？……我再吐第二粒試試看罷！」

他又來回的走動著，運氣行功，時間比上一次要延長很多，等他自信把氣運足，這才站回原地，面對壁飾，大吼一聲，把嘴一張，大家都以為激射而出的鐵彈子，這回一定能擊中那塊壁飾了。誰知鐵彈子李五空把嘴朝空張開兩三回，鐵彈並沒射出口，卻有一縷血融混在口涎中，溢出了他的嘴角，他那張精瘦的臉，變得更黃了。

「糟！」繼志發覺情形不對，急忙搶過去，抄住李五的胳膊，把他攙扶住說：「五叔吞進肚的鐵彈子，吐不出來啦！」

「你真的吐不出了？老五。」劉老將說。

李五疲憊的點點頭。

「這該怎麼辦呢？」繼志著急說：「我看，得先扶他下樓，招呼一輛車，送他進醫院開刀。鐵彈子若留在喉管裏不取出來，會有性命危險的。」

「千萬不要著慌，繼志。」劉老將說：「凡是練中國武術的人，遇到這種情形，決不能找西醫，一開刀，他的功夫就全完了！你鬆開手，讓你五叔調調息，走上一圈兒，他仍會運氣把鐵彈逼出來的。」

繼志將信將疑的鬆開手，鐵彈子李五閉閉眼，深深吸了一口氣，再吼一聲，果然張嘴把那粒鐵彈吐了出來，他自己伸手接在掌心裏，鐵彈上染著血，變成一粒血彈子啦！大家一看他吐出鐵彈，總算略略鬆了一口氣。

「唉，好漢不提當年勇，如今不成就是不成啦！」李五開口嘆說：「咱們這一套老玩意兒，強跟火箭上月球相比，硬是比不了啦！但咱們這顆心，總是爲咱們下一代人朝高盼望的。我說，繼志，你這回出國，你五叔也沒有旁的禮物送給你，你就把這兩粒鐵彈子帶著罷。當你學新的科學之餘，不妨常把它取出來看看，那上面染有老一輩人的心血和盼望，……等再朝後去，若干老玩意兒也許都成絕響了，你們再想見也見不著啦！」

「是啊！五叔。」年輕的繼志兩眼潮濕起來：「今夜的光景，做姪兒的這一生也不會忘記的。」

他把手緊握成拳，染血的鐵彈子，——上一代人的希望，被他握在掌心裏，他感覺到那血，潮濕而溫暖。這不是超現實的夢嘆，不是虛構的、飄緲無稽的故事，他親眼看見過屬於古老中國的神奇，它逐漸趨向衰微時的寂寞，以及老人們希望由下一代人，以另一種新的形式重振這個民族的心意；這心意，無須再經由其它的語言去傳達，它彷彿都留在染血的鐵彈子上了。

但在這市聲繁囂，人群浪湧的都市，無數年輕人活躍著，沒有幾個人會像繼志那樣，接受血彈子的教訓和感悟，也沒有幾個人肯早起到公園裏去，留意那一群寂寞的、土氣的老年人。他們對於歐美的服飾、髮型、熱門音樂、流行舞步的喜愛和關心，遠超過對於本民族文化的關心，彷彿只要有博物館存在，就已經夠了。

誰想看中國文化？

「去博物館看去！」他們會說：「古老的玩意兒應有盡有，門票也很便宜。」

國家圖書館出版品預行編目資料

東方夜譚之狐說八道／司馬中原著.— 初版 —
臺北市：風雲時代，2013.05
面；　公分

ISBN 978-986-146-980-5 (平裝)

857.63　　102008373

東方夜譚之狐說八道

作　者：司馬中原
出版者：風雲時代出版股份有限公司
出版所：風雲時代出版股份有限公司
地　址：105台北市民生東路五段178號7樓之3
風雲書網：http://www.eastbooks.com.tw
官方部落格：http://eastbooks.pixnet.net/blog
信　箱：h7560949@ms15.hinet.net
服務專線：(02)27560949
郵撥帳號：12043291
執行主編：朱墨菲
美術編輯：許惠芳

法律顧問：永然法律事務所　李永然律師
　　　　　北辰著作權事務所　蕭雄淋律師
版權授權：司馬中原
初版日期：2013年9月

ISBN：978-986-146-980-5

總經銷：成信文化事業股份有限公司
地　址：台北縣新店市中正路四維巷二弄2號4樓
電　話：(02)2219-2080

行政院新聞局局版台業字第3595號
營利事業統一編號22759935

定價：320元